www.tredition.de

AF204389

Ingrid Zellner

Malin und das weiße Rentier

Eine Geschichte für Kinder und Erwachsene

www.tredition.de

© 2019 Ingrid Zellner, www.ingrid-zellner.de

Verlag und Druck: tredition GmbH, Hamburg
Cover: Kai S. Dorra

ISBN
Paperback: 978-3-7482-3161-5
e-Book: 978-3-7482-3162-2

Unveränderte Neuausgabe der ursprünglich 2015
im Magic Buchverlag veröffentlichten Fassung.

1. Polarlicht

Draußen ist es ganz still. Und eiskalt. Es herrscht Winter, und alles ist tief verschneit. Überall am dunklen Nachthimmel funkeln winzige, helle Sterne.

Am Rande des Waldes steht ein kleines, rotes Holzhaus. In den Fenstern brennen Lichter, und aus dem Kamin steigt Rauch empor. In diesem Haus wohnt die kleine Malin mit ihrer Familie.

Malin ist sechs Jahre alt, ein fröhliches Mädchen, immer glücklich und unbeschwert. Sie verbringt viel Zeit im Freien, auch jetzt im Winter. Vor allem hält sie gerne im Wald nach Rentieren Ausschau. Malin lebt im Norden von Schweden, und dort gibt es ganz viele Rentiere. Malin liebt sie alle und hätte zu gerne ein eigenes, aber ihre Eltern sagen immer, dass das nicht geht und dass man den Tieren ihre Freiheit lassen muss. Das sieht Malin zwar ein; trotzdem ist sie ein ganz klein wenig traurig darüber.

Heute jedoch ist Malin *sehr* traurig. Das ganze Haus ist traurig und bedrückt. Heute hat Malins Mama ihr erklärt, dass ihre Großmutter, die sie vor zwei Wochen ins Krankenhaus gebracht haben, nicht wieder nach Hause kommen wird. Der liebe Gott hat sie zu sich genommen.

Malin hat ihre Großmutter sehr liebgehabt. Immer wenn sie sie besucht hat, hat es bei ihr herrlich nach Kuchen geduftet. Die Großmutter hat mit Malin Lieder gesungen und ihr Geschichten erzählt – wundersame und spannende Geschichten von Elfen und Trollen und vor al-

lem natürlich von den Rentieren. Die Eltern von Großmutter sind Rentierzüchter gewesen; als kleines Mädchen
ist sie mit ihnen den Herden hinterhergezogen. Sie haben
in Zelten in der freien Natur gelebt, ohne Strom, ohne flie-
ßendes Wasser und ohne Fernseher. Und wenn Großmutter davon erzählt hat, hat Malin sich das immer ganz genau vorstellen können, und sie hat nie genug von diesen
Geschichten bekommen.

Und nun ist Großmutter beim lieben Gott. Nun erzählt
sie wahrscheinlich ihm all die schönen Geschichten, und
Malin wird sie nie wieder hören.

Traurig steht Malin in ihrem Zimmer am Fenster und
schaut hinaus. Eigentlich hätte sie schon längst ins Bett
gehen sollen, aber sie kann nicht schlafen. Sie muss stän-
dig an Großmutter denken. Mama hat ihr gesagt, dass
Großmutter jetzt keine Schmerzen mehr hat und dass es
ihr gutgeht da oben im Himmel. Das findet Malin ja auch
schön. Aber sie vermisst ihre Großmutter schrecklich.

Von ihrem Fenster aus kann Malin den Wald sehen.
Die Tannen sind dick mit Schnee bedeckt, und dieser
Schnee verbreitet ein wenig Licht in der Dunkelheit. Malin ist im Winter immer sehr froh, wenn es schneit. Dann
sind die langen Nächte nicht ganz so schwarz und finster.

Sie schaut hinauf zum Himmel mit seinen vielen, vielen Sternen. Als hätte jemand eine Festbeleuchtung ange-
knipst. Vielleicht feiern sie da oben gerade Großmutters
Ankunft beim lieben Gott – mit Lichtern und Musik und
einer Torte. Ob der liebe Gott wohl weiß, dass Großmutter Himbeertorte am liebsten mag? Bestimmt. Der liebe
Gott weiß alles, sagt Mama immer. Bestimmt geht es

Großmutter gut bei ihm. Und bestimmt isst sie gerade ein riesiges Stück Himbeertorte.

Malin senkt den Kopf. Und dabei bemerkt sie, dass sich am Waldrand etwas bewegt. Sie reibt sich die Augen – ja, da kommt tatsächlich ein Rentier aus dem Wald heraus! Ein richtig helles… nein, es ist sogar ganz weiß! Ein weißes Rentier!

Malin hält den Atem an. Das Rentier bleibt stehen und schüttelt seinen schönen Kopf mit dem fein geschwungenen Geweih. *Es muss ein Weibchen sein,* denkt Malin; Großmutter hat ihr einmal erklärt, dass die männlichen Rentiere ihr Geweih immer schon im Herbst abwerfen, die weiblichen dagegen erst im Frühling.

Und plötzlich hört Malin in ihrem Inneren die liebe, warme Stimme ihrer Großmutter.

»Weiße Rentiere sind etwas Besonderes, kleine Malin. Unsere Vorfahren haben fest daran geglaubt, dass die Welt aus einem weißen Rentier entstanden ist. Und wenn du mal einem weißen Rentier begegnest, dann pass genau auf, ob es dich ansieht, denn dann will es dir etwas sagen. Das hat mein Großvater mir beigebracht.«

»Hast du mal so ein weißes Rentier gesehen?«, hat Malin sie gefragt. »Und hat es dir was gesagt?«

»Oh, oft«, hat die Großmutter lächelnd geantwortet. »Und einmal hat es mir gesagt, ich würde das schönste und liebste Enkelkind der Welt bekommen. Und so ist es ja auch gekommen, nicht wahr, kleine Malin?«

Sie hat Malin einen liebevollen Kuss gegeben, und Malin hat gelacht und die Großmutter ganz, ganz fest umarmt.

Ob dieses weiße Rentier, das da draußen am Waldrand steht und sich umsieht, wohl gekommen ist, um Großmutter zu besuchen und ihr wieder etwas Schönes zu sagen? Wahrscheinlich weiß es noch gar nicht, dass Großmutter nicht mehr da ist. Es wird wohl sehr verwirrt sein, wenn es Großmutter nirgends findet.

Gerade will Malin das Fenster öffnen, um dem Rentier zuzurufen, dass ihre Großmutter jetzt im Himmel ist, als das Rentier den Kopf zu ihr emporhebt. Malin schnappt nach Luft.

Das weiße Rentier hat sie angesehen!

Malin bebt vor Aufregung. Ganz bestimmt will das Rentier ihr jetzt etwas sagen, so wie Großmutter es ihr erzählt hat. Aber sie hört nichts. Na klar, das Fenster ist ja zu! Entschlossen reißt Malin das Fenster auf. Ein eiskalter Wind bläst herein und lässt sie schaudern, aber das ist ihr egal. Sie will wissen, was das Rentier ihr sagen will.

Aber Malin hört nichts außer dem Wind. Und das Rentier steht weit weg von ihr am Waldrand und blickt sie unverwandt an.

»Rentier?«, ruft Malin. »Warte, geh nicht weg, ja? Ich komm zu dir!«

Eilig schließt sie das Fenster, schlüpft in ihre warmen Winterstiefel und in den dicken Anorak, setzt ihre Wollmütze auf und zieht Handschuhe an. Dann verlässt sie das Haus und läuft hinaus in die Nacht.

»Rentier?«

Nichts ist zu sehen. Das Rentier ist verschwunden. Enttäuscht steht Malin im Licht der kleinen Lampe über der Haustür und starrt auf den Wald. Kein Laut ist zu hören.

Der Wind hat nachgelassen. Trotzdem friert Malin, und plötzlich beginnt sie zu weinen. Die Großmutter ist fort, das weiße Rentier ist fort, und Malin fühlt sich verlassen und schrecklich allein.

Mit einem Mal stupst jemand sie weich gegen die Schulter.

»Hallo, Kleines, warum weinst du?«

Malin fährt herum. Vor ihr steht das weiße Rentier und schaut sie mit sanften dunklen Augen an.

»Ich… ich dachte, du bist weg«, stottert Malin verlegen. »Und ich… ich wollte doch unbedingt wissen, was du mir sagen willst.«

»Wieso denkst du, dass ich dir etwas sagen will?«, fragt das Rentier. Seine Stimme klingt wie weicher Samt.

»Weil du weiß bist«, antwortet Malin. »Und Großmutter hat mir oft erzählt, dass weiße Rentiere uns etwas sagen möchten, wenn sie uns anschauen. Das stimmt doch, oder?«

»Natürlich stimmt das.« Das Rentier lächelt leise. »Du hast eine sehr kluge Großmutter.«

Malin beißt sich auf die Lippen; wieder kommen ihr die Tränen.

»Sie ist tot«, flüstert sie. »Großmutter ist tot. Sie ist jetzt im Himmel.«

Eine Weile ist es still. Dann lehnt das Rentier sich ganz leicht an Malin, und Malin spürt den warmen, tröstlichen Atem des Tieres auf ihrer Haut.

»Wie heißt du denn, Kleines?«

»Malin.« Malin schnieft heftig. »Und du?«

»Dálvi«, antwortet das weiße Rentier.

»Dálvi«, wiederholt Malin langsam. »Das klingt seltsam. Aber es gefällt mir.«

»Ich find Malin auch schön«, sagt das Rentier. »Willst du ein bisschen mit mir spazieren gehen, Malin?«

Malin zögert. Sie würde gerne noch ein wenig mit dem weißen Rentier zusammenbleiben. Aber was, wenn ihre Eltern nach ihr schauen und merken, dass sie nicht da ist? Sie werden sich große Sorgen machen.

Das Rentier scheint Malins Gedanken zu erraten.

»Wir bleiben am Waldrand«, sagt es und lächelt. »Wenn deine Eltern nach dir rufen, hören wir sie, und du kannst sofort zurücklaufen. Dann sehen sie, dass es dir gutgeht, und brauchen keine Angst um dich zu haben. Also, was meinst du?«

Malin denkt nach. Dann streckt sie vorsichtig die Hand aus und berührt das weiße Rentier. Das Fell fühlt sich warm an, weich und ein klein wenig rau zugleich. Das Rentier hält ganz still und lässt sich ruhig von Malin streicheln.

Nach einer Weile nickt Malin.

»Gut. Dann komm ich mit, Dálvi!«

Gemeinsam gehen sie auf den Waldrand zu. Malin fällt auf, dass es völlig windstill geworden ist. Sie fühlt sich wie verzaubert, mit dem weißen Rentier neben sich in der tief verschneiten Winterlandschaft und unter dem sternklaren Nachthimmel.

»Dálvi?«

»Ja?«

»Du... wolltest du mir nicht etwas sagen? Du hast mich doch vorhin angeschaut.«

Dálvi bleibt unter einem Tannenbaum stehen, dessen Äste schwer mit Schnee beladen sind.

»Ich habe gespürt, dass du traurig bist«, sagt Dálvi. »Deshalb bin ich gekommen. Ich dachte, ich könnte dich vielleicht trösten.«

Malin schaut auf den schneebedeckten Boden und schüttelt stumm den Kopf.

»Du vermisst deine Großmutter sehr, nicht wahr?«, fragt Dálvi behutsam.

»Ja.« Malin blickt auf. »Sie war so lieb. Und sie hat immer so leckeren Kuchen gebacken. Und sie hat mir tolle Geschichten erzählt – auch von dir. Ich meine… sie hat immer gesagt, weiße Rentiere sind etwas Besonderes.«

»Da hat deine Großmutter auch recht gehabt«, nickt Dálvi. »Ihre Vorfahren haben fest daran geglaubt, dass das Herz des allerersten weißen Rentiers immer noch schlägt, tief in der Erde drin. Und dass es dadurch alles auf der Welt lebendig macht.«

»Alles?«, fragt Malin verwundert. »Auch die Bäume und die Steine? Und die Felsen?«

»Aber natürlich, Malin«, antwortet Dálvi. »Alles in der Natur ist lebendig.«

Malin schweigt eine Weile. Eine Träne kullert über ihre Wange.

»Warum ist Großmutter dann tot?«, fragt sie leise.

Dálvi tritt ganz nahe an sie heran, und wieder empfindet Malin die Wärme des schönen Tieres wie einen Trost.

»Weil die Natur sich das sehr sorgfältig ausgedacht hat«, sagt Dálvi. »Sieh mal, Malin: Wenn alle Menschen und alle Tiere ewig leben würden, dann wäre irgendwann kein Platz mehr für alle auf dieser Welt. Es werden ja immer neue Menschen geboren, und neue Tiere. Irgendwann würden wir uns alle gegenseitig auf die Zehen treten. Deshalb gehen wir fort, wenn unsere Zeit vorüber ist – damit die Natur im Gleichgewicht bleibt.«

Malin ist noch nicht ganz überzeugt. Abwesend streift sie ein wenig Schnee von einem Tannenzweig und formt ihn zu einem kleinen Schneeball. Dabei sinnt sie über Dálvis Worte nach.

»Du meinst also, Großmutter ist fortgegangen, damit ein neues Kind auf der Welt Platz hat?«, fragt sie zögernd.

»In gewisser Weise«, antwortet Dálvi. »Aber richtig fort ist deine Großmutter gar nicht. Sie ist immer noch da.«

»Wo?«, fragt Malin verwundert und sieht sich suchend um.

»In deinen Erinnerungen«, sagt Dálvi. »In den Geschichten, die sie dir erzählt hat und die in dir weiterleben. Und auch hier, überall. In dieser Welt geht nichts verloren, Malin.«

Malin senkt den Kopf. »Das verstehe ich nicht.«

»Dann schau mal deinen Schneeball an«, sagt Dálvi sanft.

Malin blickt auf ihre Hände hinunter. Der Schneeball ist nicht mehr so groß wie vorhin, und ihre warmen Handschuhe sind nass geworden.

»Wenn du ihn noch ein bisschen länger in deinen Händen hältst«, sagt Dálvi, »dann wird er ganz schmelzen. Dann ist der Schneeball nicht mehr da – aber das Wasser, zu dem er geworden ist, ist noch da. Es tropft in die Erde, und im Frühjahr werden daraus wunderschöne Blumen wachsen. Und du und ich, wir werden diese Blumen sehen und uns an ihnen erfreuen. Und vielleicht denken wir dann auch an den weißen, glitzernden Schnee, der geschmolzen und fortgegangen ist, damit diese Blumen leben und blühen können.«

Malin rollt den Rest des Schneeballs zwischen ihren Händen. Dálvi hat recht, er wird immer kleiner. Irgendwann wird nur noch ein Rest Wasser von ihm übrig sein. Wasser, aus dem später Blumen blühen.

»Aber«, meint Malin nachdenklich, »dann ist Sterben ja gar nicht so schlimm.«

»Nein, natürlich nicht«, lächelt Dálvi. »Wir sind nur traurig, wenn wir jemanden, der gestorben ist, sehr geliebt haben, so wie du deine Großmutter. Sie fehlt dir, und das ist verständlich. Aber vielleicht tröstet es dich, wenn du weißt: Sie ist nicht wirklich fort. Sie ist immer noch bei dir – in deinem Herzen, in deinen Gedanken und überall um dich herum.«

Malin schaut sich um und beißt sich auf die Lippen.

»Ich würde sie nur so gerne sehen«, sagt sie traurig.

Dálvi tritt ganz nah an Malin heran. Ihre großen dunklen Augen schimmern wie Sterne.

»Das kannst du«, sagt sie weich. »Schau hinauf zum Himmel, Malin!«

Malin hebt den Blick, und ihre Augen weiten sich vor Staunen.

Über ihr leuchtet ein Licht. Es sieht aus wie ein breites, grün schimmerndes Band, das sich in ruhig fließenden

Wellenbewegungen über den gesamten Himmel erstreckt. Wie verzaubert betrachtet Malin das sanfte Farbenspiel am Firmament. Sie kann sich nicht erinnern, jemals so etwas Schönes gesehen zu haben.

»Was ist das?«, flüstert Malin.

»Das ist das Polarlicht«, antwortet Dálvi leise. »An ganz besonderen Tagen kann man es sehen, denn dann schauen unsere Ahnen bei uns vorbei, ob es uns gutgeht.«

»Ahnen?«, fragt Malin, ohne den Blick von dem leicht wabernden Lichtband zu nehmen.

»Unsere Vorfahren«, erklärt Dálvi. »Unsere Familienmitglieder, die lange vor uns gelebt haben. Deine Großmutter war überzeugt, dass aus diesem Polarlicht die Seelen ihrer Vorfahren über sie wachen und sie beschützen. Auch die Seelen ihrer Großeltern. Und genauso wacht sie nun über dich, Malin.«

»Du meinst, wenn ich jetzt zu dem Licht hinaufwinke, dann kann Großmutter mich sehen?«, fragt Malin.

»Aber sicher«, antwortet Dálvi. »Du siehst doch, sie winkt dir auch zu.«

Malin nickt. Die fließenden Bewegungen des grünen Lichtbandes sehen tatsächlich wie ein freundliches Winken aus.

Sie hebt die Hand und winkt heftig.

»Hallo Großmutter, kannst du mich sehen? Geht es dir gut da oben?«

Sie horcht angespannt, dann lässt sie langsam und enttäuscht den Arm sinken.

»Ich glaube, sie sieht mich nicht… oder sie ist nicht da. Sie antwortet nicht.«

»Natürlich antwortet sie.« Aufmunternd stupst Dálvi ihre weiche Nase in Malins Handfläche. »Schau in das Polarlicht und erinnere dich an ihr Gesicht und ihre Stimme. Denk ganz fest an sie – dann wirst du sie hören.«

Zögernd blickt Malin erneut zum Himmel empor. Sie versucht, sich Großmutter vorzustellen, wie sie aus dem grün wabernden Licht zu ihr herunterschaut. Und dabei sieht sie mit einem Mal Großmutters warmes Lächeln vor sich, ihr liebes Gesicht mit den vielen kleinen Falten, ihre wachen, lebhaften Augen.

Und plötzlich hört sie, tief in sich drinnen, Großmutters freundliche Stimme.

»Weiße Rentiere sind ein Geschenk des Himmels, kleine Malin. Sie kennen viele Geheimnisse und teilen sie nur mit Menschen, die sie verstehen können. Mir hat ein weißes Rentier einmal erzählt, dass alle Lebewesen auf dieser Welt miteinander verbunden sind – durch Millionen unsichtbare Fäden, die aus der Erde kommen, wo das Herz des allerersten weißen Rentieres schlägt. Dadurch sind auch wir beide verbunden, kleine Malin, du und ich. Und wir sind mit allen Tieren, Blumen und Bäumen da draußen verbunden. Ist das nicht wunderschön? Und jetzt backe ich uns einen Kuchen. Den Zuckerkuchen, den du so gern magst.«

Überrascht reibt Malin sich die Nase. Ja, sie erinnert sich. Sie haben zusammen in der Küche gesessen, vor einiger Zeit, als Großmutter ihr von diesen Millionen Fäden erzählt hat. Damals hat Malin sich ganz genau ausgemalt, wie diese Fäden aus der Erde herauswachsen und immer länger werden und schließlich alle Lebewesen einspinnen wie eine Spinne im Netz eine Fliege. Aber Großmutter hat ihr gesagt, dass diese Fäden nicht nur unsichtbar sind, sondern dass man sie auch nicht spüren kann. Und sie fesseln die Menschen, Tiere und Pflanzen auch nicht, sondern berühren sie nur ganz leicht, damit sie mit dem Leben in der Erde verbunden werden. Wie Blumen und Bäume mit ihren Wurzeln.

Malin hat zuletzt gar nicht mehr an diese Geschichte gedacht. Jetzt, mit einem Mal, erinnert sie sich wieder daran, als sie die Seele ihrer Großmutter in dem schönen, grünen Polarlicht sieht.

»Sag mal, Dálvi«, überlegt Malin, »werden die Menschen, wenn sie gestorben sind, deshalb in der Erde begraben? Weil dort das Herz des ersten weißen Rentiers schlägt und alles lebendig macht? Können sie dadurch bei uns bleiben, auch wenn sie tot sind?«

»Ganz genau, Malin«, antwortet Dálvi. »Und ihre Seelen steigen zum Himmel hinauf, zum lieben Gott, und wachen von dort oben über uns. Natürlich kommen sie uns nicht jede Nacht so nahe wie heute; sie haben ja auch mal anderes zu tun. Aber ab und zu beschließen sie, mal wieder bei uns vorbeizuschauen. Und dann sehen wir von hier unten aus das Polarlicht.«

»Das ist schön«, sagt Malin, und ihre Augen glänzen. »Das ist wunderschön.«

Und mit einem Mal hebt sie schnuppernd ihre kleine Nase.

»Sag mal, Dálvi, riechst du das? Das ist doch... ja, es duftet nach Kuchen! Nach Großmutters Zuckerkuchen!«

»Das ist ihr Gruß an dich«, erwidert Dálvi lächelnd. »Weil sie weiß, wie sehr du ihn magst.«

Malin strahlt, und dann schlingt sie die Arme um den Hals des weißen Rentiers.

»Danke, Dálvi«, flüstert sie. »Danke, dass du mir gezeigt hast, dass ich Großmutter nicht ganz verloren habe und wo ich sie wiederfinde.«

»Gern geschehen«, sagt Dálvi liebevoll. »Und jetzt solltest du allmählich wieder ins Haus gehen, Malin. Es wird immer kälter hier draußen, und wir wollen doch nicht, dass du frierst oder krank wirst.«

Malin sieht das weiße Rentier nachdenklich an.

»Willst du nicht mitkommen?«, fragt sie hoffnungsvoll. »Bei mir in meinem Zimmer ist es ganz warm, dann brauchst du auch nicht zu frieren.«

Dálvi lacht leise.

»Ich friere nicht, Malin; mein Fell ist wärmer als dein Anorak. Und ich gehöre auch nicht in ein Haus; mein Platz ist hier draußen in der freien Natur. Aber ich werde immer wieder mal vorbeischauen, um zu sehen, wie es dir geht. Das verspreche ich dir.«

»Das wäre schön«, sagt Malin sehnsüchtig. »Weißt du, ich wollte immer schon ein eigenes Rentier haben. Ich durfte nur nie. Aber wenn du mich jetzt hin und wieder besuchst, dann… dann ist es doch fast so, als wärst du meines.«

»Warum nicht?«, sagt Dálvi. »Vergiss nicht: Auch wir beide sind miteinander verbunden.«

»Stimmt.« Malin lächelt und streichelt dem Rentier noch einmal über das weiße Fell. »Ja, dann gute Nacht, Dálvi! Bis bald!«

»Gute Nacht, Malin.«

Noch einmal schmiegt das weiße Rentier sich kurz an Malin, dann wendet es sich ab und verschwindet lautlos in dem schneeglitzernden Winterwald.

Malin schaut hinterher, bis sie das Rentier nicht mehr sehen kann. Dann blickt sie wieder zum Himmel empor. Das Polarlicht ist immer noch da; ruhig und majestätisch wabert das lange, schimmernde Lichtband über ihr.

»Gute Nacht, Großmutter«, sagt sie leise. »Ich hab dich lieb.«

Und wieder, wie vorhin, hört sie in ihrem Inneren Großmutters Stimme:

»Ich hab dich auch lieb, kleine Malin. Und ich werde immer bei dir sein.«

Malin wirft eine Kusshand zu dem Polarlicht hinauf und winkt. Das Polarlicht leuchtet noch einmal in wunderbaren Grüntönen auf, dann wird es allmählich blasser. *Vielleicht*, denkt Malin, *geht Großmutter jetzt ins Bett.* Und plötzlich merkt Malin, dass sie sehr müde ist.

Langsam stapft sie durch den Schnee zurück zu dem Haus mit den freundlichen warmen Lichtern in den Fenstern. Der Wind wird allmählich wieder stärker und schneidend kalt. Leise schlüpft Malin durch die Eingangstür, legt Mütze und Handschuhe ab, zieht ihre Stiefel und den Anorak aus und geht in ihr Zimmer. Dort ist es warm und gemütlich. Malin tritt noch einmal an das Fenster und schaut hinaus.

Das Polarlicht ist nicht mehr zu sehen.

Und trotzdem fühlt Malin sich wunderbar getröstet. Sie ist mit einem weißen Rentier durch den Winterwald spaziert und hat mit ihm gesprochen. Sie hat ein grün leuchtendes Polarlicht gesehen und Großmutters Stimme gehört. Und da ist immer noch dieser herrliche Kuchenduft. Er kann natürlich auch aus der Küche kommen; Malin hat von draußen gesehen, dass ihre Mutter dort noch beschäftigt ist. Aber sie ist überzeugt, dass es Großmutters Zuckerkuchen ist, den sie in ihrem Zimmer riechen kann.

Malin lächelt, als sie in ihr Bett klettert und die warme Decke über sich zieht. Und als sie schließlich einschläft, lächelt sie immer noch.

2. Seele

Es ist Frühling geworden. Die Tage werden länger, und die vom kalten, dunklen Winter noch etwas müde Sonne hat inzwischen genügend Kraft, um auch die letzten Schneereste allmählich in Tauwasser zu verwandeln, das entweder direkt in der Erde versickert oder lustig plätschernd davonfließt. Bald wagen sich die ersten kleinen Blumen hervor und sprenkeln die frischen grünen Wiesenteppiche mit farbenfrohen Tupfen.

Malin liebt den Frühling, wenn im warmen Sonnenlicht das Leben neu erwacht und morgens in den Zweigen vor ihrem Fenster die Vögel wieder fröhlich zwitschern. Oft geht sie dann mit ihrer Lieblingspuppe Mia zum Spielen ins Freie. Auf einer Wiese in der Nähe des Hauses ihrer Eltern wachsen in dieser Jahreszeit immer ganz viele wunderhübsche Buschwindröschen, und Malin kommt sich dort jedes Mal vor, als ob sie mitten in einem weißen See sitzt. Vor allem, wenn der Wind sanft über sie hinwegstreicht und die Blüten um sie herum sich leicht bewegen, wie Wellen auf einem ruhigen Gewässer.

An einem dieser schönen, sonnigen Frühlingstage spielt Malin mit ihrer Puppe auf einer rotkarierten Decke in dem Buschwindröschen-See. Ihre Mutter hat ihr einen Picknickkorb mit belegten Broten, einem Apfel und einer Flasche Himbeerlimonade mitgegeben, und Malin ist gerade dabei, ein Brot mit Käse und Gurkenscheiben redlich mit Mia zu teilen.

»Guten Appetit!«, erklingt plötzlich eine vertraute Stimme hinter ihr.

Malin fährt herum – und dann leuchtet ihr Gesicht auf. Vor ihr steht ein weißes Rentier mit lächelnden dunklen Augen. Ein Rentier, das Malin unter Tausenden wiedererkennen würde.

»Dálvi!«

Sie denkt gerade noch daran, Brot und Puppe auf die Decke zu legen, bevor sie erfreut aufspringt und die Arme um den Hals des schönen Tieres schlingt. Dálvi prustet leise und schmiegt sich an Malins Wange.

»Malin, mein Liebes! Wie geht es dir?«

»Gut geht's mir!« Malin lässt Dálvi los und strahlt sie an. »Ist das nicht ein herrlicher Tag?«

»Wunderbar.« Dálvi schnuppert an den Buschwindröschen, dann schaut sie auf die karierte Decke. »Und wer ist das hier?«

»Das?« Malin hebt ihre Puppe auf. »Das ist Mia, meine Lieblingspuppe. Mia, das hier ist meine Freundin Dálvi. Sag schön Hallo zu ihr!« Sie streckt Mia dem weißen Rentier entgegen und fügt mit verstellter, hoher Stimme hinzu: »Hallo Dálvi!«

»Hallo Mia«, antwortet Dálvi lächelnd. »Nett, dich kennenzulernen.« Ihr Blick streift den Picknickkorb und das angebissene Käsebrot. »Entschuldige, ich habe euch gestört…«

»Überhaupt nicht«, fällt Malin ihr hastig ins Wort. »Ich freu mich, dass du da bist. Möchtest du auch was haben? Ich hab auch noch Limo und einen Apfel.«

»Nein, danke«, erwidert Dálvi. »Lasst es euch schmecken, ihr zwei. Aber ich bleib gern noch ein bisschen hier. Das ist wirklich ein schönes Fleckchen Erde.«

Mit diesen Worten lässt sich das Rentier in dem weißen Blütensee nieder und atmet zufrieden durch. Malin setzt sich wieder auf ihre Decke. Sie ist überglücklich über dieses Wiedersehen, und sie beschließt, Mia jetzt ganz schnell zu füttern und schlafen zu legen, bevor es Dálvi womöglich langweilig wird und sie beschließt, in den Wald zurückzukehren und Malin und Mia allein zu lassen.

Sie isst das Käsebrot auf, bettet Mia sanft neben dem Picknickkorb zur Ruhe und deckt sie mit dem Küchentuch aus grüngestreiftem Leinen zu, das ihre Mutter ihr mit in den Korb gelegt hat.

»Gute Nacht, mein Kleines«, sagt sie zärtlich. »Schlaf schön.«

Sie streichelt über den blonden Haarschopf der Puppe, der unter der Geschirrtuchdecke hervorblitzt. Dann schaut sie zu Dálvi hinüber.

»Sie ist eingeschlafen«, erklärt sie ernsthaft.

»Und sie wird bestimmt wunderbar träumen«, sagt Dálvi weich.

Malin runzelt die Stirn.

»Glaubst du, dass Puppen träumen können?«

»Warum nicht?«, erwidert Dálvi, als sei es das Selbstverständlichste der Welt.

Nachdenklich betrachtet Malin ihre Puppe. Ob sie wohl tatsächlich gerade träumt? Von einem Glas Himbeerlimonade vielleicht, oder von einem großen Teller voller Fleischklößchen mit Soße... oder von einem riesigen, unendlichen Blumenmeer.

»Träumst *du* denn manchmal, Dálvi?«, fragt sie schließlich.

»Aber sicher«, antwortet Dálvi. »Oft sogar.«

»Und von was?« Jetzt ist Malin neugierig geworden.

»Oh, von vielen Dingen«, sagt Dálvi. »Aber besonders oft träume ich davon, wie die Fäden aus dem Herzen des ersten weißen Rentieres an die Erdoberfläche steigen und wachsen – und ich kann sie dann wirklich *sehen*, silbern schimmernd und wunderschön. Sie vollführen einen anmutigen Tanz, leicht wie Elfen, sie biegen sich zart im Wind... und dabei erfassen sie mich und alles Leben rings um mich herum, und ich spüre, wie wir zusammenwachsen und eins werden. Und dann fühle ich mich stark und frei, als ob mir nie wieder etwas passieren könnte, weil ich niemals allein bin. Es ist der beste Traum von allen, Malin.«

Malin hat fasziniert zugehört. Das Bild mit den Fäden kennt sie; ihre verstorbene Großmutter hat ihr einmal davon erzählt:

»Alle Lebewesen auf dieser Welt sind miteinander verbunden durch Millionen unsichtbare Fäden, die aus der Erde kommen, wo das Herz des allerersten weißen Rentieres schlägt. Dadurch sind auch wir beide verbunden, kleine Malin, du und ich. Und wir sind mit allen Tieren, Blumen und Bäumen da draußen verbunden. Ist das nicht wunderschön?«

Und dann fällt ihr plötzlich etwas ein.

»Dálvi«, beginnt sie zögernd, »lach jetzt bitte nicht, aber: Wie kam das Herz dieses Rentieres eigentlich in die

Erde hinein, und warum? Ich glaube, Großmutter hat einmal gesagt, das sei bei der Erschaffung der Welt geschehen, aber das kann doch eigentlich nicht sein! In der Geschichte, die der Pastor uns vorgelesen hat, kommt das jedenfalls nicht vor.«

Dálvi lacht leise.

»Nein, das stimmt, da hast du richtig aufgepasst, Malin«, sagt sie. »Aber weißt du, die Menschen, die hier vor ganz, ganz langer Zeit gelebt haben, die kannten die Geschichte eures Pastors noch nicht. Also haben sie sich selber Gedanken darüber gemacht, wie die Welt wohl entstanden sein könnte. Und seitdem erzählen sich die Kinder der Erde und der Sonne die Legende von dem ersten weißen Rentier, aus dem die Welt erschaffen wurde.«

»Kennst du diese Legende?«, will Malin wissen.

»Aber sicher.« Fast sieht es so aus, als ob Dálvi grinst. »Wenn wir Rentiere diese Legende nicht kennen würden, wer denn sonst?«

»Erzählst du sie mir?«, fragt Malin gespannt. »Bitte!«

»Ich werde versuchen, dir zu beschreiben, wie die Menschen damals sich das ausgemalt haben«, antwortet Dálvi. »Also, da ist ein schönes großes weißes Rentier – so wie ich.« Sie zwinkert Malin zu. »Und aus dem entsteht die Welt. Seine Knochen verwandeln sich in das Fundament, sein Fleisch in Land, seine Adern und Sehnen in Flüsse. Und jetzt kommt das weiße Fell: Es wird zu Bergen, Wiesen und unendlichen Wäldern. Kannst du dir das vorstellen, Malin, wie das Fell sich über die Welt legt und sich in wundervolle Landschaften verwandelt?«

Malin nickt fasziniert.

»Jetzt fehlt aber noch der Himmel, nicht wahr?«, fährt Dálvi fort. »Nun, der entsteht aus dem Kopf des weißen Rentieres. Und seine leuchtenden Augen werden zu Sternen.«

»Aber das sind dann doch nur zwei«, wendet Malin vorsichtig ein. »Und es gibt doch viel, viel mehr Sterne.«

»Natürlich«, nickt Dálvi. »Aber aus einem Stern entstehen sofort zehn neue, und aus denen auch wieder zehn, und so weiter. So werden es immer mehr Sterne, unendlich viele, alle so leuchtend wie diese Rentieraugen. Unser Himmel wird niemals ohne Sterne sein, Malin.«

»Das ist schön«, sagt Malin leise.

Eine Weile schweigen beide.

»Und was ist nun mit dem Herz?«, fragt Malin schließlich.

»Ja, das Herz wurde tief in die Erde versenkt, als das weiße Rentier sich in die Welt verwandelte«, erklärt Dálvi. »Und dort pocht es, wie unsere eigenen Herzen in uns selber. Leg mal die Hand auf deine Brust, Malin. Fühlst du dein Herz schlagen? Das ist es, was dich lebendig macht. Und ebenso macht das Herz in der Erde uns alle lebendig, weil es die ganze Welt am Leben erhält. Es schlägt, es spinnt seine Fäden, mit denen es uns alle zusammenhält. Und man kann den Herzschlag dieses ersten weißen Rentiers sogar vernehmen – wenn man ganz genau hinhört.«

Malin schaut Dálvi voll Staunen an. Dann kneift sie die Augen zu und horcht, ganz lange und ganz angestrengt.

»Ich hör nichts«, murmelt sie enttäuscht und blickt auf. »Überhaupt nichts.«

»Du musst anders hören«, sagt Dálvi sanft. »Lass dein Herz mitlauschen.«

»Wie geht das denn?«, fragt Malin ratlos.

»Mach die Augen noch einmal zu.«

Malin gehorcht.

»Was hörst du?«

»Ich… ich hör den Wind«, sagt Malin zögernd. »Ich höre Vögel singen. Und da hinten am Waldrand hör ich irgendwelche Zweige knacken.«

»Versuch, das alles gleichzeitig zu hören.«

Malin schließt die Augen noch fester.

»Spürst du es? Spürst du, wie alles um dich herum lebt?«

Malin legt den Kopf in den Nacken. Die Frühlingssonne streichelt warm ihr kleines Gesicht. Und mit einem Mal entspannt Malin sich und fühlt sich einfach nur rundum glücklich.

»Ja«, antwortet sie leise.

»Das«, hört sie Dálvis samtweiche Stimme, »ist der Herzschlag des weißen Rentiers, Malin.«

Langsam öffnet Malin die Augen und sieht Dálvi an.

»Das ist wunderschön«, sagt sie. »Und das kann ich jetzt immer wieder hören, ja?«

»Wann immer du willst«, erwidert Dálvi. »Und wann immer du mit offenen Sinnen durch die Welt gehst.«

Malin streckt sich der Länge nach auf ihrer Decke aus. Die Legende, die Dálvi ihr erzählt hat, fasziniert sie sehr, und vor ihrem inneren Auge formen sich Bilder, wie aus einem weiß schimmernden Rentier eine Welt voller Leben entsteht, bunt und von magischer Schönheit.

Plötzlich spürt Malin, wie ein Schatten auf sie fällt, und sie blickt auf. Dálvi hat sich erhoben und schreitet gerade lautlos an Malin vorbei in Richtung Wald.

»Gehst du schon?« Ruckartig setzt sich Malin auf.

Dálvi bleibt stehen und sieht sich zu ihr um.

»Irgendwann demnächst wird deine Puppe aufwachen«, sagt sie sanft. »Dann musst du dich um sie kümmern.«

»Aber dabei störst du doch nicht«, beteuert Malin heftig. »Bitte, Dálvi, bleib noch hier! Mia hat dich doch auch lieb, sie freut sich bestimmt, wenn sie dich noch einmal sieht.«

Dálvi gibt einen Ton von sich, der sich wie ein amüsiertes Glucksen anhört.

»Na dann«, sagt sie lächelnd. »Wir wollen Mia ja nicht enttäuschen, nicht wahr?«

Sie kommt zurück und lässt sich diesmal direkt am Rande der Decke nieder. Malin zögert ein wenig, aber dann kann sie der Versuchung nicht widerstehen: Sie rückt ein Stück näher heran und bettet ihren Kopf auf Dálvis Leib, wie auf ein weiches, warmes, lebendiges Kissen. Sanft hebt und senkt sich das schöne weiße Rentierfell unter ihr. *Auch das ist der Herzschlag*, denkt Malin. *Diesmal spüre ich ihn sogar wirklich.*

Eine der vielen kleinen Wolken am Himmel schiebt sich vor die Sonne. Sofort wird es merklich schattiger und auch kühler, und Malin fröstelt leicht.

»Blöde Wolke«, murmelt sie.

»Nicht doch«, meint Dálvi gelassen. »Sie ist genauso ein Teil der Natur wie du und ich, und sie möchte eben auch ein bisschen Sonne abkriegen. Gönnen wir es ihr doch einfach! Irgendwann, wenn sie sich aufgewärmt hat, wird sie weiterziehen, und dann hat die Sonne wieder freie Bahn auf die Erde und uns.«

Bei diesen Worten erinnert Malin sich an etwas, und sie richtet sich auf.

»Du, Dálvi, du hast vorhin gesagt: *die Kinder der Erde und der Sonne*. Was hast du damit eigentlich gemeint?«

Dálvis Augen bekommen einen warmen Glanz.

»Deine Vorfahren haben sich so genannt«, antwortet sie. »Vor ganz, ganz vielen Jahren, als sie noch als Nomaden und im Einklang mit der Natur lebten. Sie haben die Erde als ihre Mutter betrachtet und die Sonne als ihren Vater und sich selbst als die Kinder von Mutter Erde und Vater Sonne.«

Zwischen Malins Augenbrauen bildet sich eine steile Falte.

»Das verstehe ich nicht«, gesteht sie. »Ich meine, die müssen doch auch richtige Eltern gehabt haben, also eine Mama und einen Papa, so wie ich. Wie kommen sie darauf, dass die Erde und die Sonne ihre Eltern sind?«

»Das darfst du natürlich nicht wörtlich nehmen«, erklärt Dálvi. »Das ist eher ein Symbol. Sieh mal: Aus der Erde wächst alles hervor, was die Menschen zum Leben brauchen: Getreide, Gemüse, Obst und so weiter. Die Erde ist also wie eine Mutter, die ihren Kindern zu essen gibt. Und um das tun zu können, braucht sie die Sonne, denn ohne deren Kraft und Wärme würde nichts wachsen. Deshalb ist die Sonne wie ein Vater, der über seine

Kinder wacht und dafür sorgt, dass sie leben können. Verstehst du, wie ich das meine, Malin?«

»Ich glaub schon«, sagt Malin zögernd. »Aber haben sie dann auch zu der Sonne richtig ›Papa‹ gesagt? Und zu der Erde ›Mama‹?«

»Das wohl eher nicht«, lächelt Dálvi. »Sie haben es vor allem so empfunden. Und das hat ihnen ein großes Zusammengehörigkeitsgefühl gegeben, denn dadurch, dass sie alle Kinder der Erde und der Sonne waren, waren sie natürlich auch alle Geschwister. Mehr noch: Sie fühlten sich verschwistert mit *allem*, was Seele hat. Also nicht nur mit den anderen Menschen, sondern mit der gesamten Natur.«

»Du meinst, mit den Tieren?«, erkundigt sich Malin.

»Zum Beispiel«, nickt Dálvi.

»Aber… haben die denn eine Seele?«, fragt Malin unsicher.

»Natürlich«, erwidert Dálvi bestimmt. »Sieh mich an! Denkst du, ich habe keine Seele?«

»Doch, du schon!«, versichert Malin ohne Zögern.

»Na also.« Dálvi stupst Malin freundschaftlich an. »Und warum ist das so? Weil die unsichtbaren Fäden aus dem Herzen des ersten weißen Rentiers nicht nur Menschen erfassen und miteinander verbinden, sondern alles in der Natur: die Tiere, die Pflanzen, die Steine, das Wasser, den Wind, den Regen. Alles hat Leben, und alles hat Seele.«

Malin hat Dálvi atemlos und voll Staunen zugehört. Nun reißt sie die Augen weit auf.

»All das… *lebt?*«, flüstert sie beinahe ehrfürchtig. »Sogar die Steine?«

»Aber ja«, antwortet Dálvi weich. »Nimm mal einen Stein in die Hand und befühle ihn, oder leg deine Hand auf einen Felsen. Ich bin sicher, du wirst das Leben darin spüren. Immerhin hast du den Herzschlag des weißen Rentiers gehört und gespürt, nicht wahr?«

Malin antwortet nicht sofort. Was sie da gehört hat, muss sie erst mal sortieren. Dass Tiere und Pflanzen Lebewesen sind, hat sie ja gewusst; aber der Gedanke, dass sie eine Seele haben, ist ihr neu. Ganz zu schweigen von Steinen, Felsen oder Wind und Wetter.

Mit einem Mal spürt sie Dálvis warmen Atem ganz nahe auf ihrem Gesicht. Sie wendet den Kopf und blickt in die schönen dunklen Augen des weißen Rentiers.

»Du musst das nicht sofort begreifen, Malin«, sagt Dálvi verständnisvoll. »Denk einfach ab und zu daran – wenn du spazieren gehst, wenn du im See badest, wenn du im Wald Beeren oder Pilze pflückst oder wenn du die Vögel vor deinem Fenster beobachtest. Und von Mal zu Mal wirst du es mehr spüren: Wir alle sind ein Teil der Natur, und die Natur ist ein Teil von uns. Und du wirst dich mit allem darin verbunden fühlen, selbst mit einer kleinen Wolke wie der da oben. Auch sie ist deine Schwester. Und schau: Jetzt geht sie beiseite – extra für dich, damit die Sonne dir wieder auf deine freche Stupsnase scheinen kann.«

Unwillkürlich muss Malin lachen. Und Dálvi hat recht: Die kleine Wolke zieht weiter, und der ganze Buschwindröschen-See schimmert wieder weiß und hell im Frühlingssonnenlicht.

»Na gut, die kleine Wolke ist nicht blöd«, räumt Malin friedfertig ein. »Aber Regen ist blöd. Und Gewitter, und Sturm. Die muss ich nicht liebhaben, oder?«

»Du *musst* überhaupt nichts«, entgegnet Dálvi hörbar amüsiert. »Unter Geschwistern und Freunden gibt es immer wieder mal welche, die man weniger mag. Das ist doch völlig normal.«

»Und du?«, fragt Malin neugierig. »Hast du auch welche, die du weniger magst?«

»Na klar«, versetzt Dálvi. »Aber ich versuche, mit allen so gut es geht zurechtzukommen. Wenn es regnet, dann ärgere ich mich nicht, sondern begrüße den Regen als meinen Bruder, der die Erde tränkt und neues Futter für mich wachsen lässt. Ich lasse das Regenwasser an mir herabrinnen und stelle mir vor, dass es nicht nur Staub und Schmutz fortwäscht, sondern auch Sorgen und Probleme. Am Ende bin ich erfrischt und zufrieden. Wenn der Wind bläst, dann schenkt er mir neue Energie. Der Schnee ist kalt, aber er erfreut meine Augen und mein Herz. Man kann mit allem seinen Frieden machen, Malin. Man muss es nur wollen.«

»Du meinst«, grübelt Malin, »ich soll besser nicht mehr sagen: *So ein Mist, es regnet,* sondern eher: *Schön, dass es regnet…* oder so ähnlich?«

Dálvi lacht leise.

»Das wäre in jedem Fall schon mal ein guter Anfang, Malin.«

Malin nickt nachdenklich. Sie kuschelt sich erneut an Dálvis warmes Fell und blickt hinauf zu dem blauen Himmel mit den vielen großen und kleinen Wolken. *Lauter Schwestern, die auch ein bisschen Wärme von Vater Sonne abbekommen wollen.* Sie spürt den Wind, der über das Gras und die weißen Blüten weht, und versucht sich vorzustellen, dass er sie dabei im Vorübergehen gutmütig streichelt. *Wie ein netter großer Bruder.* Sie hört in einiger Entfernung ein paar Vögel zwitschern. Vielleicht suchen sie gerade etwas zu fressen, bei Mutter Erde, von der auch Malin und ihre Eltern immer wieder Beeren, Gemüse und Pilze bekommen. Die aber nur wachsen können, wenn zwischendurch mal Bruder Regen vorbeischaut. *Dafür könnte man ihn eigentlich schon liebhaben. Wenigstens ein bisschen...*

»Sag mal, Malin«, erklingt plötzlich Dálvis samtweiche Stimme, »schläft Mia eigentlich noch immer?«

Malin fährt hoch.

»Ach herrje, die hab ich ganz vergessen!«

Sie kriecht hinüber zu ihrer kleinen Puppe, hebt sie hoch und drückt sie an sich. Dann hält sie sie ein Stück weit von sich entfernt und schaut sie an.

»Hast du gut geschlafen, Mia? Und hast du was Schönes geträumt?«

Sie lauscht kurz, dann wendet sie sich an Dálvi.

»Sie sagt, sie hat von ganz vielen Rentieren geträumt. Und alle waren weiß, so wie du.«

»Ein wunderschöner Traum«, sagt Dálvi lächelnd und steht auf. »Auf Wiedersehen, ihr zwei!«

Sie wendet sich zum Gehen, während Malin nachdenklich ihre Puppe betrachtet.

»Dálvi«, sagt Malin, ohne aufzuschauen. »Wenn alles um uns herum eine Seele hat – hat Mia dann auch eine?«

Dálvi dreht sich noch einmal zu ihr um.

»Glaubst du, dass sie eine hat?«

»Ich weiß nicht«, meint Malin unsicher. »Ich meine… eine Puppe lebt doch nicht, oder?«

Dálvi tritt ganz nahe neben sie.

»Wie kann sie dann träumen?«, fragt sie leise. »Wie kann sie dein Käsebrot mit dir essen und danach schlafen? Für dich lebt sie, Malin, in deinem Herzen ist sie so lebendig wie du und ich. Weil du sie gernhast. Und wer lebt, hat Seele. Weißt du, Malin, auch seelenlose Dinge erhalten eine Seele, wenn sie uns etwas bedeuten. Denn sobald sie einen Platz in unserem Herzen haben, sind sie nicht mehr nur das Material, aus dem sie gemacht worden sind. Dann sind sie ein Teil von uns, und dadurch leben sie – solange wir sie lieben.«

Sie berührt mit ihrem Kopf ganz leicht Malins Wange.

»Also pass gut auf deine Mia auf, Malin.«

»Mach ich«, verspricht Malin. »Und du musst jetzt wirklich gehen?«

»Ja«, sagt Dálvi.

Malin legt eine Hand auf den Hals des schönen Tieres. »Aber wir sehen uns doch wieder?«

Dálvi lächelt.

»Aber sicher. Vergiss nicht, wir sind miteinander verbunden.«

Malin nickt. Sie sieht dem weißen Rentier nach, bis es in dem nahe gelegenen Wald verschwindet. Dann drückt sie Mia an sich und streckt sich mit ihr der Länge nach auf der Decke aus.

»Ich hab dich lieb, Mia«, flüstert sie.

Lange bleibt sie noch so liegen. Allmählich wird sie ein wenig müde, und irgendwann fallen ihr die Augen zu. So merkt sie gar nicht, dass dunkle Regenwolken aufziehen. Erst als ein erster kleiner Wassertropfen auf ihrer Wange landet, wacht sie auf.

»Oje, es regnet. Schnell, Mia, lass uns schauen, dass wir heimkommen.«

Sie legt Mia in den Picknickkorb und deckt sie mit dem Leinentuch zu, damit sie nicht nass wird, rafft die Decke zusammen und rennt los. Aber mittendrin, als die Regentropfen schon etwas dichter fallen, hält sie plötzlich inne.

Sie schaut hinauf zum Himmel – und lacht.

»Hallo, Bruder Regen! Schön, dass du da bist!«

Sie breitet die Arme aus, dreht sich ein paarmal um ihre eigene Achse, und dann tanzt sie singend durch den Frühlingsregen nach Hause.

3. Naturgeister

Der Sommer braucht in diesem Jahr lange, um richtig Fuß zu fassen. Bis kurz vor Mittsommer ist es noch eher kühl und regnerisch, und Malin fällt es von Tag zu Tag schwerer, schlechtes Wetter so positiv hinzunehmen, wie Dálvi es tut. Sie will endlich Sonne haben und Wärme, sie will Blumen pflücken, Walderdbeeren naschen, im See baden – eben alles, was zu einem richtigen Sommer dazugehört.

»Blöder Regen«, mault sie, wenn draußen an ihrem Fenster wieder einmal die Tropfen hinunterlaufen. »Bruder hin oder her – du *nervst*.«

Dann aber ist es endlich so weit: Die Sonne vertreibt die schweren grauen Regenwolken, und sie bleibt. Sie trocknet die nassen Wiesen und Wälder und zaubert hell glitzernde Lichtspiele auf den See. Malin ist glücklich; endlich kann sie hinaus ins Freie und den Sommer genießen.

Am Mittsommerabend wird im Garten von Malins Eltern immer ein großes Fest gefeiert. Schon früh am Tag hilft Malin ihrem Vater, für die Mittsommerstange einen hohen, schmalen Baumstamm mit saftig grünem Laub zu verkleiden. Danach geht sie mit ihrer Mutter bunte Wildblumen pflücken, aus denen sie die Kränze flechten, die sie am Abend tragen werden. Malin hat ein wunderschönes neues Kleid für das Fest bekommen, aus zartrosa Leinen und mit weißen Spitzenbordüren besetzt, und sie kann es gar nicht mehr erwarten, bis es endlich Abend wird und sie es anziehen darf.

Erst aber bereitet Malins Mutter in der Küche noch das Festessen vor. Wie immer an diesem Tag gibt es Heringe mit kleinen, duftenden Mandelkartoffeln, aber auch die Fleischklößchen in Sahnesauce, die Malin so sehr liebt. Dazu gibt es frisch gebackenes Brot mit Butter und Käse und zum Nachtisch natürlich jede Menge Erdbeeren mit Schlagsahne.

Viele Verwandte und Freunde kommen zu dem Fest. Die laubgeschmückte Mittsommerstange wird aufgestellt; es wird gegessen, gesungen und gelacht. Ein Onkel von Malin hat seine Ziehharmonika dabei und spielt lustige Lieder, und bald fassen sich alle an den Händen und tanzen um die Mittsommerstange herum. Malin tanzt und singt fröhlich mit; in ihrem hübschen Kleid und mit dem Blumenkranz auf dem Kopf fühlt sie sich wie eine kleine Prinzessin. Und da – jetzt kommt ihr Lieblingslied:

»*Die Fröschlein klein, die Fröschlein klein,*
die sehen lustig aus.
Nicht Ohren, nicht Ohren,
nicht Schwänzlein haben sie.
Quak quak quak, quak quak quak…«

An dieser Stelle gehen alle in die Hocke und hüpfen unter laut gesungenem Gequake wie Frösche um die Mittsommerstange herum. Das findet Malin immer furchtbar komisch; aber auch den Erwachsenen macht es offenbar großen Spaß.

Mittsommer ist ein herrliches Fest, denkt Malin. Erst recht natürlich, wenn die Sonne scheint, denn an diesem Tag tut sie das ganz besonders lange. Auch spätabends ist es noch immer hell und warm draußen. Aber ganz allmählich setzt nun doch die Dämmerung ein, und Malins Mutter meint, wenn Malin noch ihre sieben Mittsommerblumen pflücken will, dann sollte sie das jetzt tun. Das lässt Malin sich nicht zweimal sagen; schnell schnappt sie sich noch eine süße Zimtschnecke aus der großen Schüssel und macht sich auf den Weg.

Sie geht durch das kleine Waldstück hinüber zu der Lichtung mit dem See. Still und spiegelblank liegt er da, und über den Wipfeln der dunkelgrünen Tannen schwebt die Sonne am Himmel, umgeben von einem prächtigen Farbenspiel aus Rot-, Orange- und Goldtönen.

So fasziniert ist Malin von diesem Anblick, dass sie zuerst gar nicht merkt, dass sie nicht allein ist. Dann aber nimmt sie an ihrer Seite eine fast unmerkliche Bewegung wahr, sieht sich um – und erblickt neben sich die anmutige Gestalt von Dálvi, die ruhig und mit hoch erhobenem Kopf hinüberschaut zu dem tiefstehenden feurigen Ball.

»Dálvi?«, flüstert Malin vorsichtig.

Das weiße Rentier wendet den Kopf und sieht Malin lächelnd an.

»Frohen Mittsommer, Malin!«

»Das wünsch ich dir auch«, erwidert Malin. Ihre Stimme klingt seltsam heiser, aber sie wagt es nicht, lauter zu sprechen – aus Angst, der wundersame Zauber, der in diesem Moment über dem See liegt, könnte so unerwartet vergehen, wie er gekommen ist.

Eine Weile schweigen beide und geben sich ganz diesem Zauber hin.

»Heute hat unser Vater es ganz besonders gut mit uns gemeint«, sagt Dálvi schließlich leise, den Blick noch immer auf die Sonne gerichtet, die inzwischen schon fast die ersten hohen Tannenspitzen berührt.

»Ja«, gibt Malin ebenso leise zurück und bestaunt erneut die Farben am Himmel, die jetzt noch intensiver leuchten als zuvor. »Und toll angezogen hat er sich auch, findest du nicht?«

Dálvi betrachtet Malin und lächelt.

»Genau wie du«, sagt sie. »Du siehst richtig hübsch aus, in diesem Kleid und mit deinen Blumen im Haar.«

»Es ist ja auch Mittsommer«, versetzt Malin. »Da muss man sich doch hübsch anziehen. Sogar du – du bist heute ein goldenes Rentier, kein weißes.«

Bewundernd schaut sie auf Dálvis Fell, das in diesem Moment direkt von den langen Strahlen der Abendsonne beschienen wird und in einem honiggoldenen Farbton aufleuchtet.

Dálvi sieht an sich hinunter und gibt ein leises Prusten von sich. Dann richtet sie ihre schönen dunklen Augen wieder auf Malin.

»Und was machst du so spät noch hier?«, fragt sie. »Auch wenn heute der längste Tag des Jahres ist, irgendwann geht auch er zu Ende.«

»Ja, ich weiß«, sagt Malin eifrig. »Aber weißt du, wenn man in der Mittsommernacht sieben verschiedene Blumen pflückt und dabei kein Wort redet, und wenn man die Blumen danach unter das Kopfkissen legt, dann träumt man von dem Mann, den man später mal heiratet.«

»Ach ja?« In Dálvis Augen blitzt ein kleiner Schalk. »Dann sollten wir aber aufhören zu reden, sonst wird das diesmal nichts.«

»Ich hab ja noch nicht angefangen mit dem Pflücken«, gibt Malin zurück. »Und meine Zimtschnecke hab ich auch noch. Bleibst du noch ein bisschen hier?«

»Gern«, erwidert Dálvi und lässt sich kurzerhand direkt am Seeufer nieder. Malin setzt sich neben sie und zerteilt das weiche runde Hefegebäck, das herrlich nach Zimt und Kardamom duftet, in zwei Hälften.

»Willst du?«, fragt sie und hält Dálvi eine Hälfte hin.

»Nein, danke«, lehnt Dálvi höflich ab. »Ich fürchte, so etwas Zuckriges vertrage ich nicht. Aber gib doch den Naturgeistern etwas ab. Die freuen sich bestimmt.«

Malin stutzt.

»Den *Naturgeistern?*«, fragt sie vorsichtig, um sich zu vergewissern, dass sie Dálvi gerade richtig verstanden hat.

»Ja, sicher«, antwortet Dálvi ruhig. »Wichtel, Trolle, Elfen… es gibt hier viele davon. Sie sind überall. Weißt du das etwa nicht?«

Verlegen beißt Malin sich auf die Lippen.

»Meine Mutter sagt immer, die gibt es nur im Märchen. Also nicht wirklich.«

»Oh!«, erwidert Dálvi; es klingt regelrecht betroffen. »Aber deine Großmutter, die wusste es doch, oder?«

Malin denkt nach. Doch, Großmutter hat ihr oft von Wichteln erzählt, die Haus und Hof hüten, von den kleinen und liebenswerten Trollen im Wald, von lustigen Wurzelkindern, von Baumfrauen und Wassergeistern. »Schau, kleine Malin, da tanzen die Elfen«, hat sie immer gesagt, wenn zarte Nebelschwaden über Wiesen und durch Wälder zogen; und natürlich hat Malin sie dann gesehen, die kleinen, anmutigen Wesen in ihren duftigen weißen Kleidchen.

»Ja«, nickt Malin. »Ja, Großmutter hat nie gesagt, dass das nur Märchen sind.«

Dálvi lächelt.

»Deine Großmutter war eine kluge Frau, Malin. Sie hat noch das Wissen ihrer Vorfahren gelernt, die in Harmonie mit der Natur lebten. Sie wussten, dass alles in der Natur Leben und Seele hat, und dass es neben der sichtbaren auch eine nicht sichtbare Wirklichkeit gibt. Dann aber begannen die Menschen immer mehr an den Fortschritt und die Technik zu glauben und hielten es daher nicht mehr für notwendig, das alte Wissen um die Natur zu bewahren. Deshalb ist heute vieles verloren gegangen von dem, was deine Großmutter und die Menschen vor ihr noch gewusst haben.«

»Aber du weißt es noch?«, fragt Malin.

»Ja«, antwortet Dálvi.

Malin reibt sich die Nase.

»Dann kannst du mir auch sagen, was das bedeutet – das mit dem *nicht sichtbar* und *wirklich*? Das hab ich nämlich nicht verstanden.«

»Die *nicht sichtbare Wirklichkeit*.« Dálvi blickt zu der Sonne hinüber, die ganz langsam, fast unmerklich, hinter den Tannenwipfeln zu versinken beginnt. »Ich werde versuchen, es dir zu erklären. Und ich denke, ich fange mit der sichtbaren Wirklichkeit an; das ist leichter. Also: Alles hier um uns herum, der See, die Wälder, die Sonne, du, ich – all das ist sichtbar. Das heißt, du kannst es *sehen*. Niemand würde daran zweifeln, dass es uns und das alles hier gibt, nicht wahr? Warum auch? Was man sehen kann, ist da und damit wirklich, also die *sichtbare Wirklichkeit*. Verstehst du das?«

Malin nickt wortlos.

»Gut«, fährt Dálvi fort. »Jetzt haben sich aber irgendwann mal ein paar kluge Menschen gefragt, ob es nicht auch Dinge geben kann, die ebenso wirklich sind wie das alles hier, aber *nicht* sichtbar, zumindest nicht für uns. Oder umgekehrt: Stell dir vor, es gibt etwas, das du, aus welchem Grund auch immer, nicht sehen kannst. Ist es dann nicht trotzdem Wirklichkeit? Nur weil es für uns nicht sichtbar ist, heißt das ja nicht, dass es nicht da ist. Wir sehen es nur nicht.«

»Du meinst«, sagt Malin zögernd, »so wie eben Trolle oder Wichtel und so?«

»Gut mitgedacht«, erwidert Dálvi. »Schau mal, siehst du den Käfer, der da durchs Gras läuft? Der ist so winzig, der kann uns zwei gar nicht richtig wahrnehmen. So etwas Riesengroßes wie uns kann er sich in seiner kleinen Welt nicht einmal vorstellen. Er sieht uns nicht. Trotzdem sind wir da. Und genauso gibt es Dinge, die *wir* nicht sehen können und die trotzdem da sind. Und das ist dann das, was man die *nicht sichtbare Wirklichkeit* nennt.«

Nachdenklich schaut Malin hinaus auf den See und kaut an ihrer Zimtschnecke. So wie Dálvi ihr das gerade erklärt hat, klingt es durchaus logisch. Andererseits findet sie den Gedanken, dass um sie herum Dinge und Wesen sind, die sie nicht sehen kann, irgendwie… *unheimlich.*

»Was hast du, Malin?«, fragt Dálvi sanft.

»Ich weiß nicht.« Malin holt tief Luft. »Ich find das nicht gut, wenn andere unsichtbar sind. Was, wenn die mir was tun wollen und ich seh sie nicht mal auf mich zukommen?«

Dálvi reckt ihren Hals und stupst Malin weich mit ihrer Nase an; dabei fühlt Malin den warmen Atem des Tieres, den sie immer schon als tröstlich und beruhigend empfunden hat.

»Ich garantiere dir, Malin: Naturgeister sind nicht böse. Keiner von ihnen. Sie setzen sich nur dann zur Wehr, wenn sie angegriffen werden; wenn man gemein zu ihnen ist, dann können auch sie gemein werden. Aber ansonsten sind sie absolut friedlich und freundlich. Du brauchst überhaupt keine Angst vor ihnen zu haben.«

»Bist du sicher?«, fragt Malin kleinlaut.

»Hundertprozentig!«, antwortet Dálvi. »Wir Rentiere haben einen viel engeren Kontakt zu den Naturgeistern als die Menschen. Ich weiß, dass sie nie jemandem von sich aus etwas tun würden. Sie sind froh, wenn sie in Ruhe gelassen werden. Und vor allem sind sie sehr scheu, gerade Menschen gegenüber. Deshalb sieht man sie ja auch so selten.«

»Ich denke, sie sind unsichtbar?«, wirft Malin fragend ein. »Dann *kann* man sie doch gar nicht sehen.«

»Nicht unbedingt«, entgegnet Dálvi. »Einige sind durchaus sichtbar, aber wie gesagt: Sie zeigen sich nicht gerne. Man muss viel, viel Geduld haben, wenn man Kontakt mit ihnen aufnehmen will.«

»Schade«, sagt Malin traurig. »Ich würde so gern mal einen richtigen Troll sehen. Oder eine Elfe.«

»Das glaub ich dir«, meint Dálvi verständnisvoll. »Aber weißt du: Wer zu sehr darauf aus ist, Naturgeister zu *sehen*, der stellt sich selbst ein Bein. Denn darüber entgeht ihm meist völlig, dass er bereits in Scharen von ihnen umgeben ist. Sie können direkt vor ihm stehen, und er merkt es nicht. Versuch, sie zu *spüren*, Malin; das konntest du mit dem Herzschlag des ersten weißen Rentiers doch schon richtig gut. Mit den Naturgeistern geht das genauso. Spüren kannst du sie jederzeit und überall.«

»Trotzdem«, beharrt Malin ein wenig bockig. »Ich möchte einfach wissen, wie sie tatsächlich aussehen.«

»Wer weiß«, versetzt Dálvi lächelnd. »Vielleicht erlebst du es ja eines Tages. Und bis dahin: Zeig ihnen einfach, dass du sie magst und dass du ihre Freundin sein möchtest. Wenn du zum Beispiel etwas isst, dann teile deine Mahlzeit mit ihnen. Ein paar Krümel genügen schon, damit sie wissen: Du hast an sie gedacht. Oder wenn du jetzt deine Blumen pflücken gehst – und das solltest du allmählich tun, bevor es doch noch dunkel wird –, dann lass im Austausch etwas für die Naturgeister zurück.«

»Aber was denn?«, fragt Malin etwas ratlos. »Ich hab doch nichts!«

»Sag das nicht.« Dálvi zwinkert Malin zu. »Du kannst ihnen ein Haar von dir geben, damit können kleine Wurzelkinder wunderbar Seilspringen. Oder Elfen können es verwenden, um neue Kleider damit zu nähen.«

»Wirklich?« Malins Gesicht leuchtet auf. »Das mach ich. Das mach ich jetzt gleich!«

Sie zerbröselt den Rest ihrer Zimtschnecke und verteilt die Krümel im Gras. Dann umschließt sie mit den Fingern eine ganze Strähne ihres langen blonden Haars.

»Aber reiß dir jetzt nicht alle Haare auf einmal aus, ja?« Dálvis Augen blitzen belustigt. »Sonst hast du bei deinem nächsten Waldspaziergang keine mehr. Und die Naturgeister würden denken: *Was ist das denn für eine Verrückte, die uns büschelweise Haare vor die Tür legt?* Ab und zu mal *eines*, das reicht vollkommen. Wenn du es übertreibst, erschreckst du sie nur.«

Das leuchtet Malin ein. Vorsichtig zieht sie an einem einzelnen Haar, bis es sich von ihrem Kopf löst, und legt es feierlich im Gras ab.

»Ich hoffe, ihr könnt was damit anfangen«, sagt sie ganz leise. »Und wenn ihr mehr braucht, dann sagt es mir einfach, ja?«

Sie wartet mit angehaltenem Atem, aber nichts rührt sich. Auch die Krümel liegen immer noch dort, wo Malin sie verteilt hat.

»Am besten, wir gehen jetzt.« Dálvi erhebt sich. »Solange wir hier sitzen, kommen sie sowieso nicht. Vergiss nicht, sie sind sehr scheu. Lass ihnen Zeit und hab Geduld, Malin. Komm, da drüben wachsen wunderschöne Blumen.«

Malin folgt dem weißen Rentier ein paar Schritte, bleibt dann aber stehen.

»Und wenn sie jetzt doch alle unsichtbar sind?«, fragt sie, und ihre Stimme klingt ein wenig unsicher. »Oder wenn es sie doch nicht gibt? Ich meine, kann man denn beweisen, dass es sie gibt?«

Dálvi wendet sich um und betrachtet Malin eine Weile.

»Nein«, sagt sie dann schlicht. »Beweisen kann man das nicht.«

Enttäuscht senkt Malin den Blick zur Erde. Dálvi geht auf sie zu und pustet sie zart an.

»Aber man kann auch nicht beweisen, dass es sie *nicht* gibt«, fügt sie lächelnd hinzu.

Ruckartig blickt Malin auf. Dálvi zwinkert ihr zu, und mit einem Mal fühlt Malin sich ihrer Sache wieder vollkommen sicher. Natürlich gibt es Naturgeister, warum sollte es sie nicht geben? Und irgendwann wird Malin sie auch sehen. Ganz bestimmt.

Spontan und überschwänglich schlingt Malin die Arme um Dálvis Hals.

»Ich hab dich so lieb, Dálvi«, murmelt sie in das warme Fell des weißen Rentiers hinein.

»Ich hab dich auch lieb, Malin«, antwortet Dálvi mit samtweicher Stimme. »Und jetzt *pssst*, kein Wort mehr! Sonst wird das nichts mit deinem Blumentraum heute Nacht.«

Malin nickt, streichelt noch einmal über Dálvis Fell und beginnt dann wortlos zu pflücken. Als sie sieben verschiedene Blumen in der Hand hält und sich umschaut, ist das weiße Rentier verschwunden.

Mit raschen Schritten läuft Malin durch das Waldstück zurück zu dem Haus ihrer Eltern, wo inzwischen im Garten bunte Lichter angezündet worden sind. Der Onkel spielt noch immer fröhliche Lieder auf der Ziehharmonika, und die Gäste singen und lachen dazu. Malin geht zu ihrer Mutter, zeigt ihr die Blumen und umarmt sie, und die Mutter gibt ihr einen liebevollen Gutenachtkuss. Dann geht Malin ins Haus und in ihr Zimmer, wo sie als Erstes den Blumenstrauß unter dem Kopfkissen in ihrem Bett verstaut.

Sie schaut durch das Fenster nach draußen. Ganz dunkel ist es immer noch nicht, obwohl jetzt schon fast Mitternacht ist. Ob die Naturgeister den längsten Tag des Jahres wohl auch feiern? Großmutter hat ihr einmal erzählt, dass Trolle Musik sehr lieben und dass sie gerne singen und tanzen. Vielleicht tanzen sie jetzt ja auch um eine Mittsommerstange herum und hüpfen auf allen vieren, wenn das Lied von den kleinen Fröschlein angestimmt wird. Und die Elfen? Die mögen wohl eher zartere Musik – Geigen vielleicht, oder Flöten. Und sicher haben sie sich für diesen Abend auch Blumenkränze geflochten.

Nachdenklich greift Malin mit beiden Händen nach dem Kranz in ihrem Haar, setzt ihn ab und betrachtet ihn. Wäre der nicht auch ein schönes Geschenk an die Naturgeister? Malin denkt daran, wie viele Blumen und wie viel Laub sie und ihre Eltern heute geholt haben, um Haus,

Garten und sich selbst für das Fest zu schmücken – und sie haben nichts dafür zurückgelassen, nicht einmal ein einziges Haar oder ein paar Krümel. Aber noch ist der Mittsommerabend nicht vorbei, also ist es sicher noch nicht zu spät, um den Naturgeistern zum Dank etwas Blumenschmuck für ihr eigenes Fest vorbeizubringen.

Entschlossen huscht Malin ins Freie und läuft zum Waldrand auf der anderen Seite des Hauses, damit niemand von der Festgesellschaft sie sieht. Dort legt sie den Blumenkranz feierlich auf einen mit dichtem grünem Moos und hellen Flechten bewachsenen Baumstumpf, der sich in Malins Augen perfekt als Zuhause für eine Schar von kleinen lustigen Trollen eignen würde. Vielleicht wohnen hier ja sogar tatsächlich welche.

»Frohes Fest, ihr Lieben – und einen schönen Sommer«, sagt sie leise.

Sie stellt sich vor, wie die Trolle in dem Baumstumpf den Blumenkranz entdecken und vor Freude über das schöne Geschenk laut jubeln. Dann fällt ihr ein, was Dálvi gesagt hat, und sie zieht sich vorsichtig zurück, um die kleinen Wesen nicht zu stören oder zu erschrecken.

Zufrieden kehrt sie zurück in ihr Zimmer, legt das schöne zartrosa Spitzenkleid ab und schlüpft in ihr sonnengelbes Nachthemd. Von ihrem Fenster aus kann sie zu dem Waldrand hinübersehen, wo sie gerade die Trolle beschenkt hat. Der Blumenkranz liegt noch unverändert dort. Aber Malin entdeckt noch etwas anderes.

Hauchzarte, silbrig weiße Nebelschwaden beginnen durch die Bäume zu ziehen und tauchen erst den Wald und dann die Wiese davor in ein sanftes, magisches

Licht – ein Anblick, der Malin auf wunderbare Weise vertraut ist und der wie von ferne die unvergessene Stimme ihrer geliebten Großmutter an ihr Ohr wehen lässt:

»Schau, kleine Malin, da tanzen die Elfen!«

4. Jahreszeiten

Wenn sich draußen die Blätter an den Bäumen und Sträuchern leuchtend rot, kupfergold und rostbraun färben, wenn die Luft bisweilen einen richtig kühlen Biss bekommt und die Tage allmählich wieder kürzer werden, dann weiß Malin: Es ist Herbst.

Natürlich trauert sie ein bisschen den Sommermonaten nach, die so voller Licht und Wärme waren und überall in den Wäldern und Wiesen Unmengen von bunten Blumen und Beeren haben wachsen lassen. Aber andererseits muss sie zugeben, dass auch der Herbst mit wunderbaren Farben zu malen versteht. *Ruska* hat ihre Großmutter diese Zeit des Jahres genannt. Malin weiß noch ganz genau, dass dieses Wort ihr anfangs vollkommen fremd vorgekommen ist. »Das ist Finnisch, kleine Malin«, hat die Großmutter ihr erklärt. »Und das gibt es auch nur hier bei uns im Norden. Wenn im September die Natur nahezu über Nacht in einem wahren Farbenrausch explodiert, wenn die Bäume ihre prächtigen Herbstkleider anlegen und selbst die Heidekräuter feuerrot leuchten – das ist *Ruska*. Und ich freue mich jedes Jahr mindestens ebenso darauf wie auf die ersten Blumen oder auf den ersten Schnee. Jede Jahreszeit ist es wert, geliebt zu werden, kleine Malin.«

Über diese Worte hat Malin danach lange nachgedacht. Auch wenn sie vor allem den Sommer liebt, weil man da den ganzen Tag im Freien herumtoben und im See schwimmen kann – aber gut, auch im Schnee kann man toll spielen, und ohne die Buschwindröschen im Frühling würde Malin mit Sicherheit etwas fehlen. Doch, da ist was dran an dem, was die Großmutter gesagt hat: Alle Jahreszeiten sind schön.

Und das Schönste am Herbst ist, dass Malin mitten in der *Ruska*-Zeit Geburtstag hat.

Schon Tage vorher ist Malin furchtbar aufgeregt. Geburtstag zu haben ist etwas Feines. Sie hat sich für ihre Lieblingspuppe Mia ein neues Puppenbett gewünscht und dazu etwas zum Basteln und vielleicht auch noch ein Spiel für die langen Herbst- und Winterabende. Obwohl sie weiß, dass es keinen Sinn hat, ihre Eltern vorher mit neugierigen Fragen zu bedrängen, ob sie wohl auch bekommen wird, was sie sich wünscht, versucht sie es ein paarmal – natürlich ohne Erfolg. Ihre Mutter und ihr Vater verraten nichts, und Malin bleibt nichts anderes übrig, als abzuwarten.

Am Abend vor ihrem großen Tag kann sie vor lauter Aufregung kaum einschlafen, und am nächsten Morgen ist sie schon vor dem Sonnenaufgang wach. Allerdings darf sie jetzt nicht aus dem Bett springen und in die Küche oder das Wohnzimmer laufen – nein, sie muss ganz still liegen bleiben, denn es ist Tradition, dass das Geburtstagskind vom Rest der Familie geweckt wird und das Frühstück ans Bett gebracht bekommt. Zum Glück hört Malin bereits Geschirrgeklapper aus der Küche; allzu lange kann es also nicht mehr dauern, und sie rollt sich unter ihrer Bettdecke zusammen und tut, als ob sie schläft.

Wenig später nähern sich draußen endlich die ersehnten Schritte, und dann wird ihre Zimmertür geöffnet, und Malin hört die Stimmen ihrer Eltern, die das Geburtstagslied singen:

»*Ja, sie soll leben,*
ja, sie soll leben,
ja, sie soll leben bis ins hundertste Jahr!«

Malin setzt sich im Bett auf und strahlt. Ihr Vater hält ein großes Geschenkpaket in der Hand und ihre Mutter ein Tablett, das sie nun auf Malins Bett abstellt. Auf dem Tablett stehen eine Sahnetorte mit Zuckerrosen und sieben brennenden Kerzen, eine Vase mit Herbstblumen und eine Tasse mit heißer Schokolade, aus der verlockend süßer Dampf aufsteigt.

»Herzlichen Glückwunsch, liebe Malin!«

Schnell pustet Malin die Kerzen aus; dann schwingt sie die Beine aus dem Bett und umarmt ihre Eltern. Das Paket ihres Vaters enthält das ersehnte Puppenbett aus hellem Kiefernholz; Kissen und Decke sind mit hübscher, kleingeblümter Bettwäsche bezogen, und Malin ist sich sicher, dass Mia darin wunderbar schlafen und träumen wird. Nachdem sie ihre Schokolade ausgetrunken hat, geht sie mit ihren Eltern in die Küche, wo sie gemeinsam zu Ende frühstücken und wo noch ein paar weitere schöne Geschenke auf sie warten.

Später am Nachmittag macht sich die Mutter daran, das Essen vorzubereiten. Natürlich gibt es heute Malins Lieblingsgericht: Elchbraten mit Pilzsauce, Preiselbeeren und Nudeln. Der Vater und Malin ziehen sich warme Jacken und feste Schuhe an und gehen mit einem Korb in den nahegelegenen Wald, wo sie ein paar Stellen kennen, an denen ganz viele Pfifferlinge wachsen. Bald haben sie ihren Korb bis zum Rand mit den leckeren goldgelben Pilzen gefüllt, und Malin bedeckt die abgeernteten Stellen sorgfältig mit ein wenig Erde und Tannennadeln, damit dort wieder neue Pfifferlinge sprießen können.

Die Herbstluft ist klar und an diesem Tag auch ziemlich kühl. Trotzdem möchte Malin gern noch ein wenig im Freien bleiben; die Sonne scheint von einem wolkenlosen, stahlblauen Himmel, und sie findet, dass es draußen viel zu schön ist, um sich drinnen in ihrem Zimmer zu verkriechen. Ihr Vater hat nichts dagegen; er gibt ihr einen liebevollen Kuss und geht dann mit dem gefüllten Korb in das Haus, um die Pfifferlinge in der Küche abzuliefern.

Malin schlendert über die Wiese zu einer Gruppe junger Birken, deren Blätter im strahlenden Sonnenlicht aussehen, als wären sie aus purem Gold. Sie atmet tief durch; die Luft riecht intensiv nach Laub und Holz und auch schon ein ganz klein wenig nach Schnee.

Plötzlich steigt ihr zusätzlich würziger Tannenduft in die Nase… und dann spürt Malin einen angenehm warmen Hauch in ihrem Nacken und stößt einen kleinen Jubelruf aus:

»Dálvi!!«

Sie dreht sich um und schlingt die Arme um den Hals des weißen Rentiers, das lautlos hinter ihr aufgetaucht ist.

»Oh, Dálvi, ich hab so gehofft, dass du heute kommst – ich hab's mir sogar gewünscht, weißt du, heute früh, als ich die Kerzen auf meiner Torte ausgepustet habe, und…«

»Ich weiß«, unterbricht Dálvi sie lächelnd. »Was meinst du, warum ich hier bin? Wenn meine kleine Freundin Geburtstag hat, dann muss ich doch zum Gratulieren vorbeikommen, nicht wahr? Alles Liebe, Malin – und hier, in meinem Geweih ist mein Geschenk, pflück es runter.«

Malin lässt Dálvi los und schaut hoch. In dem Geweih des Rentiers steckt ein großer dunkelgrüner Tannenzweig, an dem feste, glänzende Zapfen hängen.

»Ein kleiner Gruß aus dem Wald«, fügt Dálvi hinzu.

Behutsam löst Malin den Zweig aus dem Geweih heraus und betrachtet ihn. Dann umschließt sie mit der Hand einen der kühlen, schuppigen Tannenzapfen. Ein wenig Harz klebt daran, aber das stört Malin nicht im Geringsten. Sie liebt Tannen und deren wunderbaren Duft.

»Der ist schön«, sagt sie. »Den steck ich nachher zu dem Blumenstrauß von Mama und Papa, das sieht sicher toll aus. Vielen Dank, Dálvi!«

»War mir eine Freude«, erwidert Dálvi. »Hast du Lust auf einen kleinen Herbstspaziergang?«

»Gern, aber nicht zu weit«, antwortet Malin. »Mama macht mein Geburtstagsessen, und spätestens, wenn sie fertig ist, ruft sie nach mir, und dann muss ich heim.«

»Kein Problem, wir hören sie ganz bestimmt«, versichert Dálvi. »Komm!«

Seite an Seite wandern sie hinüber zu dem kleinen Waldstück, das die Wiese mit den goldenen Birken von der Lichtung mit dem See trennt. Immer wieder wirft Malin einen bewundernden Seitenblick auf das Rentier; vor den kräftig leuchtenden *Ruska*-Farben der Natur rings um sie herum schimmert sein Fell heute fast noch weißer als sonst.

»Und?«, fragt Dálvi. »Wie war dein Geburtstag bis jetzt?«

»Klasse«, erwidert Malin eifrig. »Mama hat eine riesige Torte gebacken, und ich hab ein Puppenbett für Mia bekommen und Farben zum Bemalen von Spankörben, und ein Fia-Spiel. Und nachher gibt's Elchbraten, den esse ich am allerliebsten.«

»Klingt ja großartig«, versetzt Dálvi und gibt ein leises Glucksen von sich, das Malin fast ein wenig ironisch vorkommt. Oder war es nur amüsiert?

Und mit einem Mal bleibt Malin wie angewurzelt stehen und richtet erschrocken den Blick auf Dálvi.

»Mensch, Dálvi, stell dir vor, sie würde Rentierbraten machen!«

»Na und?«, entgegnet Dálvi überraschend gelassen. »Wäre das das erste Mal? Hast du noch nie Rentierbraten gegessen, oder Rentiergeschnetzeltes?«

In diesem Moment wird es Malin richtig schlecht. Doch, natürlich hat sie das. Schon mehr als einmal.

Beschämt schaut sie zu Boden und nickt wortlos.

»Und?«, fragt Dálvi, als sei es das Selbstverständlichste der Welt. »Hat es dir geschmeckt?«

»Ja«, gibt Malin leise zu. Sie fühlt, wie ihr das Blut in die Wangen schießt, und blickt auf. »Aber ich werde nie wieder Rentier essen. Nie, nie, nie!«

»Aber den Elch schon, ja?«

Verblüfft starrt Malin das weiße Rentier an. Sie kennt Dálvi mittlerweile recht gut, und der Schalk, der in ihren Augen blitzt, ist unverkennbar.

»Ich… ich weiß nicht«, stottert sie verlegen.

Dálvi mustert sie lächelnd. Dann geht sie auf Malin zu und stupst ganz leicht ihre Nase gegen Malins Wange.

»Jetzt stehst du da und fragst dich, ob du überhaupt jemals wieder ein Tier essen möchtest«, sagt sie mit sanfter Stimme. »Weil du mit mir befreundet bist, willst du kein Rentier mehr essen. Und andere Tiere auch nicht, weil du es nicht fair finden würdest zu sagen: *Die sind weniger wert als Rentiere, bei denen macht es mir nichts aus.* Hab ich recht?«

Malin nickt unglücklich. Sie kann nicht begreifen, wie sie überhaupt jemals ein Tier hat essen können.

Erneut stupst Dálvi sie an. Es fühlt sich an wie ein zarter Kuss auf die Wange.

»Es ist schön, dass du so denkst, Malin«, sagt sie, »aber deine Skrupel sind unnötig. Schau, die Natur weiß sehr genau, was sie tut, und sie hat es so eingerichtet, dass Lebewesen sich von Lebewesen ernähren – die einen von Pflanzen, die anderen von Tieren, und wieder andere von beidem. Wir alle müssen Nahrung zu uns nehmen, um zu leben. Das ist vollkommen natürlich und nichts, weswegen du dir Gedanken machen müsstest.«

Malin streicht nachdenklich mit dem Daumen über die Schuppen eines der Tannenzapfen an ihrem Zweig.

»Du meinst«, fragt sie vorsichtig, »dir würde es nichts ausmachen, wenn ich nachher meinen Elchbraten esse?«

»Es würde mir nicht mal etwas ausmachen, wenn es Rentierbraten wäre«, antwortet Dálvi. »Die Natur hat das so vorgesehen, dass Tiere anderen Tieren als Nahrung dienen, und am Ende eben auch den Menschen. Schau, deine Großmutter ist noch mit ihrer Familie und den Rentierherden durch das Land gezogen; und wenn die Menschen etwas zu essen brauchten, dann schlachteten sie eines von ihren Tieren und bereiteten es zu. Das war für sie ganz normal. Wobei sie natürlich nie vergaßen, dem Tier dafür zu danken, dass es ihnen zu essen gab.«

»Danken?«, fragt Malin verwirrt. »Aber da hat doch das Tier nichts davon!«

»Oh doch, natürlich«, entgegnet Dálvi. »Es ist ein großer Unterschied, ob man seine Nahrung für selbstverständlich hält und deshalb womöglich sogar geringschätzt, oder ob man sie bewusst und mit Dankbarkeit zu sich nimmt. Deine Vorfahren brachten allen Geschöpfen großen Respekt entgegen, Malin. Für sie waren Tiere und Menschen gleichwertig, und entsprechend wurden die Tiere behandelt.«

Dálvi hält einen Moment inne, dann fährt sie fort:

»Du musst bedenken, Malin: Früher war es für die Menschen nicht so leicht, an Nahrungsmittel zu kommen, wie heute. Deine Eltern müssen nur in den nächsten Supermarkt gehen und finden dort alles, was ihr zum Leben braucht. Eure Vorfahren kannten solche Läden nicht, sie mussten sich alles in der freien Natur suchen. Wer keine eigenen Rentiere hatte, der musste jagen, wenn er nicht nur von Beeren und Wurzeln leben wollte. Und dafür war das Leben zu hart. Die Menschen brauchten Fleisch, weil es ihnen Kraft gab. Auch deshalb achteten sie die Tiere – weil sie ohne sie nicht überleben konnten. Wenn früher in der Nähe eines Dorfes ein Bär gesichtet wurde, dann war das ein Freudentag; von dem Fleisch eines Bären konnten die Menschen viele Tage lang satt werden, und sein Fell wärmte sie in den kalten Nächten. Aber sie zogen niemals blindlings und in großen Horden los, um den Bären zu hetzen und zu quälen; nein, es wurden die tapfersten Jäger des Dorfes bestimmt, die den Bären möglichst schnell und schmerzfrei erlegten. Wenn sie ihn dann nach Hause brachten, versammelte sich das ganze Dorf um den toten Bären, sprach ein Gebet und dankte dem Tier, dass es ihnen sein Leben und seine Kraft schenkte. Und am Ende wurden die Knochen des Bären feierlich bestattet; die Menschen verehrten ihn als ihren Wohltäter.«

Dálvis dunkle Augen leuchten.

»Verstehst du, was ich dir damit sagen will, Malin? Du brauchst kein schlechtes Gewissen zu haben, wenn du Tiere isst – wenn du ihnen die Achtung und den Respekt entgegenbringst, die ihnen zustehen. Lass dir also nachher deinen Geburtstagsbraten ruhig schmecken. Nimm dir lediglich auch die Zeit für einen kleinen, dankbaren Gedanken an den Elch, der dir nun nach seinem Tod seine Kraft schenkt.«

»Das werde ich tun«, sagt Malin entschlossen. »Ganz bestimmt. Und eigentlich sind wir doch sowieso schon miteinander verbunden, oder? Durch die Fäden des ersten weißen Rentiers. Irgendwie sind wir doch alle eins.«

Erstaunt betrachtet Dálvi sie.

»Du bist ein kluges Mädchen, Malin«, stellt sie anerkennend fest. »Du hast etwas ganz Wesentliches von dem alten Wissen deiner Vorfahren begriffen. Ja, genau so ist es.«

Vor Verlegenheit wird Malin ganz rot.

»Das hab ich dir zu verdanken«, sagt sie leise. »Meine Großmutter hat mir zwar auch oft von früher erzählt, aber… du weißt so viel, und ich finde das alles so schön, und ich bin so froh, dass ich dich habe.«

»Das bin ich auch«, lächelt Dálvi. »Ohne dich würde mir etwas fehlen, meine liebe kleine Freundin.«

Spontan umarmt Malin das weiße Rentier und schmiegt die Wange an das warme, etwas raue Fell.

»Pass auf deinen Zweig auf«, raunt Dálvi verschmitzt. »Nicht dass er wieder in meinem Geweih hängen bleibt.«

»Oh ja, natürlich!« Malin lässt Dálvi los und inspiziert sorgfältig den dicken Tannenzweig, den sie nach wie vor fest in ihrer Hand hält. »Ein Glück, nichts passiert, auch alle Zapfen sind noch dran. Weißt du, irgendwie erinnert er mich jetzt schon an Weihnachten. Und dabei ist es doch gerade erst Herbst geworden.«

»So ist es«, versetzt Dálvi. »Also freuen wir uns an dem Herbst; erst recht, solange er so schön ist wie heute. Winter und Weihnachten wird es noch früh genug.«

»Magst du etwa keinen Winter?«, erkundigt sich Malin neugierig.

»Oh, aber sicher«, erwidert Dálvi. »Aber alles zu seiner Zeit. Jetzt ist Herbst, und ich möchte ihn mit allen Sinnen genießen wie jede andere Jahreszeit auch.«

Nachdenklich mustert Malin das Rentier. Dálvis Worte wecken eine Erinnerung in ihr.

»Jede Jahreszeit ist es wert, geliebt zu werden«, sagt sie plötzlich leise. »Das hat meine Großmutter mal gesagt. Du liebst sie auch alle vier, ja?«

»Ja«, nickt Dálvi. »Eigentlich sogar alle *acht*.«

»Acht?«, fragt Malin verblüfft. »Aber es sind doch nur vier: Frühling, Sommer, Herbst und Winter.«

»Ja, das ist die einfachste Einteilung«, erwidert Dálvi. »Aber deine Vorfahren, die noch ganz im Pakt mit der Natur lebten, die haben genauer hingesehen, und sie haben auch den Übergangszeiten Namen gegeben. Wenn jetzt zum Beispiel die *Ruska*-Zeit zu Ende geht, die Blätter von den Bäumen fallen und alles kahl und grau wird – das ist dann nicht mehr Herbst, so wie wir ihn heute genießen, aber auch noch nicht wirklich Winter, denn dafür muss es dann erst klirrend kalt werden, nicht wahr? Und diese Übergangsphasen waren für deine Vorfahren eigenständige Jahreszeiten, und sie waren für sie von großer Wichtigkeit für den Kreislauf des Jahres und ihr Leben draußen mit ihren Herden.«

»Und wie heißt dann diese Zeit zwischen Herbst und Winter?«, fragt Malin interessiert.

»Herbstwinter«, grinst Dálvi. »Furchtbar einfach, nicht wahr?«

Unwillkürlich muss Malin lachen. Klar. Dass sie darauf nicht selber gekommen ist!

»Dann kommt nach dem Winter der Winterfrühling, ja?«

»Nein.« Wieder grinst Dálvi. »Dann kommt der Frühlingswinter.«

»Echt jetzt?« Malin legt leicht misstrauisch die Stirn in Falten. »Oder willst du mich nur aufziehen?«

»Würde ich das jemals tun?« Dálvis Augen blitzen belustigt auf. »Nein, es heißt wirklich Frühlingswinter. Und danach kommen noch Frühlingssommer und Herbstsommer.«

»Erzähl mir mehr davon«, bittet Malin. »Das möchte ich ganz genau wissen.«

»Gerne«, erwidert Dálvi. »Aber lass uns dabei allmählich schon mal zurückgehen. Sonst verpasst du deinen Geburtstagsbraten am Ende doch noch.«

Sie kehren um und schlagen den Weg zu der goldschimmernden Birkengruppe ein.

»Also«, setzt Dálvi an. »Das Jahr endet und beginnt mit dem Winter. Das ist die Zeit, in der die Erde sich ausruht, geschützt von einer dicken Schneedecke. Grob gesagt sind es etwa die Monate Dezember bis Februar, aber nimm diese Angaben nicht gar so genau, ja? Jede Jahreszeit kann auch mal früher oder später als sonst beginnen oder enden; die Natur richtet sich nicht nach von Menschen gemachten Kalendern, sie hat ihren eigenen Kopf.«

Malin nickt. Ja, das leuchtet ihr ein.

»So etwa im März, April setzt dann der Frühlingswinter ein«, fährt Dálvi fort. »Die Tage werden wieder länger und heller, aber die Sonne hat meist noch nicht genug Kraft, um den Schnee ganz fortzuschmelzen. Dennoch machen sich die Rentiere, die den Winter im Flachland verbracht haben, allmählich auf den Weg zu den Bergen und in die Tundra, weil sie dort im Frühling ihre Kälber zur Welt bringen wollen. Das geschieht manchmal schon im April, meist jedoch im Mai, wenn auch die letzte Kraft des Winters und Frühlingswinters gebrochen ist und die Natur mehr und mehr zu ihrem saftigen Grün zurückfindet.«

Malin lauscht hochkonzentriert und saugt jedes Wort in sich auf.

»Großmutter ist doch als Kind mit ihren Eltern und Großeltern noch den Herden gefolgt«, meint sie plötzlich. »Waren sie dann in der Zeit auch unterwegs?«

»Ja«, antwortet Dálvi. »Den Winter haben sie in einfachen Holzhäusern verbracht, aber sobald die Rentiere im Frühlingswinter zu den Kalbungsplätzen aufbrachen, sind deine Vorfahren ihnen selbstverständlich mit ihren Zelten hinterhergezogen, um sie im Auge zu behalten. Erst Anfang Juni, also im Frühlingssommer, kamen sie wieder ein wenig zur Ruhe, denn dann hatten die Rentierherden ihre Weideplätze in den Bergen erreicht.«

»Und wodurch unterscheidet sich nun der Frühlingssommer vom Frühling? Und vom Sommer?«, will Malin wissen.

»Im Frühlingssommer ist die Natur um ein Vielfaches grüner als im Frühling«, erklärt Dálvi. »Dann sind auch die Bäume wieder voller Laub, und immer mehr Blumen und Früchte wachsen aus der Erde hervor. Allerdings sind noch nicht ganz so viele Mücken und andere Insekten unterwegs. Die kommen erst, wenn es richtig Sommer wird.«

»Die könnten ruhig wegbleiben«, mault Malin. »Zumindest die Mücken. Die stechen so fies.«

»Wem sagst du das«, seufzt Dálvi. »Glaub bloß nicht, dass die nur über Menschen herfallen. Uns Rentiere lieben sie genauso.«

»Hat sich die Natur dabei eigentlich auch was gedacht?« Malin stemmt herausfordernd die Hände in die Hüften. »Ich meine, als sie diese Blutsauger erfunden hat?«

»Natürlich«, entgegnet Dálvi gelassen. »Viele Vögel, aber auch Frösche, Fische und Libellen ernähren sich von Mücken und Mückenlarven. Ohne diese ›Blutsauger‹ hätten sie weniger zu fressen und müssten hungern.«

Das ist natürlich ein Argument, findet Malin.

»Na gut«, gibt sie kleinlaut zu. »Und zum Glück nerven diese Biester ja nur im Sommer. Also so Ende Juni und Juli, ja?«

»Genau«, bestätigt Dálvi. »In der Zeit der Mitternachtssonne. Wenn man von den Mücken absieht, dann ist das für die Rentiere die beste Zeit des Jahres; da finden sie Futter im Überfluss und können sich Fettreserven für den nächsten Winter anfressen. Und wenn die Mücken gar nicht mehr auszuhalten sind, dann flüchten die Rentiere einfach noch etwas höher hinauf in die Berge, wo es kühler ist und nicht mehr ganz so viele Insekten herumschwirren.«

»Haben die's gut«, murmelt Malin neidvoll und erinnert sich an die vielen lästigen Mückenstiche, die sie noch vor wenigen Wochen auf ihren Armen und Beinen gehabt hat.

»Irgendeinen Vorteil muss es ja haben, Rentier zu sein«, frotzelt Dálvi und stupst Malin spielerisch in den Nacken.

Sie haben inzwischen die Birkengruppe erreicht; zwischen den schlanken Bäumen mit ihren langen, biegsamen Ästen und Zweigen fühlt sich Malin, als stünde sie mitten in einem goldenen Wasserfall.

»Und dann kommt also der… der Herbstsommer«, sagt sie und streicht mit den Fingerkuppen zart über die Birkenblätter.

»Ja«, nickt Dálvi. »Wenn der helle Hochsommer vorüber ist, also etwa im August. Wenn die Natur uns ihren Überfluss an Beeren, Früchten, Kräutern und Pilzen bietet, dabei aber bereits beginnt, ihre Herbstgewänder anzulegen. Irgendwann im September setzt dann der eigentliche Herbst ein, in dessen Verlauf die prächtigen Farben allmählich wieder verblassen. Das zieht sich bis in den Oktober hinein; die Bäume werden langsam kahl, bisweilen kann es da sogar schon den ersten Schnee geben. Dann fängt man an, vom Herbstwinter zu sprechen. Die Tage werden kürzer, die Nächte kälter. Und die Rentiere verlassen die Gebirgsregionen, ziehen wieder zurück in das Flachland zu ihren Winterweiden, und ihre Besitzer folgen ihnen, um ihre Winterquartiere zu beziehen. Im November wird die Erde dann allmählich ganz still. Sie geht schlafen, um sich nach dem langen Jahr zu erholen und neue Kräfte zu sammeln für das nächste Jahr.«

»Und das macht sie dann im Winter, ja?«, fragt Malin leise.

»Ja.« Dálvis Stimme klingt dunkel und warm. »Wenn der Schnee sie weich zugedeckt hat, und wenn die Schneekristalle glitzern im klaren Licht der Sterne, die uns den Weg weisen durch die dunkle Zeit hindurch in das neue Jahr.«

»Und dann kommt auch das Polarlicht wieder«, flüstert Malin.

»Ganz bestimmt, Malin«, versichert Dálvi sanft. »Ganz bestimmt.«

Malin schluckt. Mit einem Mal spürt sie, wie ihr ein Kloß im Hals wächst. Das Polarlicht wird bald wiederkommen – und mit ihm die Großmutter, die nachsieht, ob es Malin gut geht.

»Ich freu mich drauf«, stößt sie heiser hervor. »Oh, Dálvi, ich freu mich so auf das Polarlicht!«

»Ich weiß«, sagt Dálvi ruhig. »Ich weiß. Und du wirst sehen, es dauert gar nicht mehr lange.«

Malin sieht Dálvi an, und mit einem plötzlichen Entschluss legt sie den Tannenzweig im Gras ab, um Dálvi ganz fest an sich zu drücken.

»*Malin!*«

Malin schreckt auf, lässt Dálvi los und blickt verwirrt um sich.

»*Malin! Komm essen!*«

Malin seufzt und lässt noch einmal die Hand über den weiß schimmernden Hals des Rentiers gleiten.

»Das ist Mama«, sagt sie. »Ich muss gehen.«

»Dann nichts wie los«, erwidert Dálvi. »Guten Appetit – und grüß mir den Elch!«

Dieser Kommentar entlockt Malin ein amüsiertes Schmunzeln.

»Mach ich.«

Sie hebt den Tannenzweig auf und läuft los in Richtung Haus. Nach nur wenigen Schritten bleibt sie jedoch jäh stehen und dreht sich noch einmal um. Dálvi steht noch immer da, eingerahmt von dem herrlichen Goldregen der Birken.

»Sag mal, Dálvi, welche ist deine Lieblingsjahreszeit?«

Dálvi reckt ihren schönen Kopf mit dem fein geschwungenen Geweih in die Höhe.

»Immer die, in der ich gerade bin, Malin.«

Malin nickt und lächelt leise in sich hinein. Irgendwie hat sie mit dieser Antwort gerechnet. Und wenn sie es recht bedenkt, dann gibt es auch keine bessere.

Mittlerweile weht ihr ein verlockender Duft nach Elchbraten mit Pilzsahnesauce entgegen. Sie wirft Dálvi eine Kusshand zu und rennt endgültig nach Hause.

5. Wintersonnenwende

Die Zeit des Polarlichts ist zurückgekehrt, und schon oft ist Malin jetzt in den langen Nächten ins Freie gegangen, um den Himmel nach den wunderbaren, mystischen Farbenspielen abzusuchen. Seit Dálvi ihr erzählt hat, dass von dort aus die Seelen verstorbener Menschen nach ihren Lieben auf der Erde sehen, um über sie zu wachen, freut sie sich über jedes noch so zarte Lichtband, das auf sie herablächelt.

Es sind die dunkelsten Tage des Jahres; fast rund um die Uhr ist es Nacht. Eine dicke Schneedecke hat sich über die Welt gelegt, und alles ist friedlich und still. In dieser Zeit verwandelt sich das Holzhaus, in dem Malin und ihre Eltern wohnen, in ein strahlendes kleines Schmuckkästchen mitten im Winterwald: In allen Fenstern stehen Lichterbögen oder mehrarmige Leuchter, rot und teilweise mit hübschen Girlanden bemalt, und verbreiten warme, goldene Helligkeit. Malin wird immer ganz festlich zumute, wenn sie diese vielen Lichter sieht, denn das bedeutet: Bald ist Weihnachten.

Weihnachten ist das schönste Fest des Jahres, findet Malin. Wenn das ganze Haus herrlich nach Zimt, Nelken und Kardamom duftet, dann weiß sie, dass ihre Mutter dabei ist, einen großen Klumpen Pfefferkuchenteig zu kneten. Beim Ausrollen und Ausstechen hilft Malin jedes Mal bereitwillig mit, weil das viel Spaß macht und sie zwischendurch immer ein wenig von dem köstlichen Teig naschen oder eines der fertigen Plätzchen abstauben kann. Und wenn später der Vater von der Arbeit nach Hause kommt, dann erwarten Malin und ihre Mutter ihn mit heißem Kaffee und frisch gebackenen Pfefferkuchen.

In ihrem Zimmer bastelt Malin jetzt in jeder freien Minute an ihren Geschenken für ihre Eltern. Mit den Malfarben, die sie zum Geburtstag bekommen hat, kann sie inzwischen schon ganz gut umgehen, und nun bemalt sie zwei hölzerne Untersetzer mit fröhlich bunten Blumen. Natürlich gelingt ihr noch nicht alles perfekt, aber Malin ist sich sicher, dass Mama und Papa sich trotzdem über diese Gaben freuen werden.

Besonders liebt Malin die Lieder, die in der Weihnachtszeit gesungen werden. Am ersten Adventssonntag sind ihre Eltern mit ihr zu einem Chorkonzert in die alte Holzkirche des Dorfes gegangen, in dessen Nähe sie wohnen. Viele flackernde Kerzenflammen haben den Kirchenraum in ein sanftes Licht getaucht, und Malin hat fast ehrfürchtig dem wunderbaren Gesang gelauscht. Zuletzt haben alle Besucher in der Kirche zusammen mit dem Chor Malins Lieblingslied »Nun brennen tausend Kerzen hell« angestimmt. Die ersten beiden Strophen dieses Liedes kann Malin bereits auswendig, und sie ist wild entschlossen, bis zum Heiligabend auch noch die dritte zu lernen.

Zunächst aber freut sich Malin auf den ersten Höhepunkt in der Vorweihnachtszeit – das Luciafest am 13. Dezember. Am Vorabend backt sie zusammen mit ihrer Mutter drei Bleche voll mit herrlich weichen Luciabrötchen aus mit Safran gewürztem Hefeteig; die kleinen Ornamente werden mit verquirltem Eigelb bestrichen, damit sie nach dem Backen schön glänzen, und mit Korinthen verziert. Diese Safranbrötchen wird es am nächsten Morgen zum Frühstück geben, und das Schönste dabei ist: Malin darf es servieren – als Lucia, die Lichterbraut.

Dafür zieht sie am Luciamorgen ein langes weißes Kleid mit einer roten Schärpe an. Die Mutter hilft ihr, den Kranz mit den elektrischen Kerzen aufzusetzen; das Kabel führt ihren Rücken entlang zu einer Batterie, die an der Schärpe befestigt ist. »Die heilige Lucia trug Kerzen im Haar, damit sie beide Hände frei hatte, um armen, hungrigen Menschen, die in dunklen Höhlen lebten, zu essen zu bringen«, hat die Mutter ihr erzählt. »Und wir erinnern an sie, indem wir wie sie Licht in die Dunkelheit bringen.«

Malin fühlt sich wie eine himmlische Prinzessin, als die Mutter schließlich den Kerzenkranz einschaltet. Sie weiß, dass die größeren Mädchen, die in Kirchen und Seniorenheimen die Lucia spielen dürfen, oft tatsächlich echte Kerzen auf dem Kopf haben, aber ihr ist es ganz recht, dass die ihren elektrisch sind. Da muss sie nicht so furchtbar aufpassen, und sie riskiert auch nicht, dass ihr Kerzenwachs in die Haare tropft.

Dann drückt die Mutter ihr ein Tablett mit den Safranbrötchen in die Hand, und sie gehen in die Küche. Nur der Lichterbogen im Fenster erhellt den ansonsten dunklen Raum, aber Malin sieht trotzdem, dass der Vater bereits an dem gedeckten Frühstückstisch sitzt. Aus dem

Radio erklingt ein Lucialied, von einem Kinderchor gesungen, und Malin betritt feierlich die Küche und singt laut mit:

»Ins dunkle Haus hinein
tritt nun mit hellem Schein
Santa Lucia, Santa Lucia.«

Ihre Eltern hören mit leuchtenden Augen zu, bis das Lied zu Ende ist und Malin das Tablett auf dem Tisch abgestellt hat, und versichern ihr dann, eine so schöne Lucia hätten sie noch niemals erlebt! Malin strahlt und lässt sich die duftenden Safranbrötchen und ihre heiße Schokolade schmecken.

Gut eine Woche später stellt der Vater mitten im Wohnzimmer eine große Tanne auf, und Malin darf ihm dabei helfen, sie zu schmücken. Sie klemmen Lichter in die Zweige und behängen sie mit Kugeln in allen Farben des Regenbogens, mit kleinen Engeln und Sternen, mit aus buntem Glanzpapier geflochtenen Körbchen, in die sie Nüsse legen, und mit Pfefferkuchen und Bonbons. Malins Vorfreude auf das Fest wächst von Minute zu Minute; nur noch zwei Tage, dann wird sie mit ihren Eltern um den prächtigen Baum herumtanzen und Weihnachten feiern.

Bis zum Abendessen ist noch etwas Zeit, und Malin beschließt, hinauszugehen und nach dem Polarlicht Ausschau zu halten. Sie zieht sich Stiefel, Schal und Anorak an, setzt eine dicke Pudelmütze auf, greift nach ihren Handschuhen und verlässt das Haus.

Während sie die Handschuhe überzieht, entfernt sie sich ein gutes Stück von dem Haus, damit der helle Lichtschein aus den Fenstern ihr nicht die Sicht hinauf zum Himmel trübt. Mit jedem Schritt werden die funkelnden Sterne am Firmament klarer erkennbar, aber dabei merkt Malin auch bald: Es zeigt sich nicht einmal der Ansatz eines Polarlichts.

Irgendwann gibt sie auf, seufzt enttäuscht und dreht sich um. Am Ende des Weges, den sie entlanggegangen ist, liegt das Haus, ruhig und festlich erleuchtet, und bei dem Anblick der Lichterbögen in den Fenstern wird Malin wieder etwas leichter ums Herz. Der Abend ist noch lang. Vielleicht geschieht ja später etwas.

Überall um sie herum glitzern unzählige kleine Kristalle auf den tief verschneiten Bäumen und Wiesen. Bei dem Anblick bekommt Malin plötzlich große Lust, eine Schneelaterne zu bauen. Sie weiß, wie das geht; der Vater hat es ihr gezeigt. Und warum soll das Haus nicht auch von außen für das Weihnachtsfest geschmückt werden!

Entschlossen beginnt Malin, schöne, feste Schneekugeln zu rollen, die etwas größer sind als normale Schneebälle. Diese schichtet sie zu einer schlanken, gut einen halben Meter hohen Pyramide auf. Als sie fertig ist, läuft sie ins Haus und bittet die Mutter um ein Glas und ein Teelicht. Sie bekommt beides, und der Vater geht mit ihr hinaus und hilft ihr, das Licht anzuzünden, in das Glas zu stellen und dieses durch eine Lücke in die Schneekugel-Pyramide zu schieben. Eine Weile betrachten beide die Schneelaterne, in der jetzt das goldene Licht flackert und durch die Fugen zwischen den Kugeln hindurchschimmert; dann geht der Vater wieder ins Haus, und Malin bleibt allein zurück, versunken in den Anblick ihres gelungenen Werks.

Ein fernes, leises Knacken hinter ihr lässt sie aufhorchen. Es kommt aus der Richtung des Waldes; entweder ist dort ein Ast unter der Last der Schneemassen abgebrochen, oder...

Mit einem Mal klopft Malins Herz schneller; sie dreht sich um, und tatsächlich: Zwischen den Bäumen am Waldrand steht, regungslos wie eine weiß leuchtende Statue, Dálvi.

Sie winkt Dálvi zu. Als das weiße Rentier keine Anstalten macht, näher zu kommen, bahnt Malin sich kurz entschlossen durch den tiefen Schnee einen Weg zu ihr. Noch immer bewegt Dálvi sich nicht, und ihre schönen dunklen Augen blicken unverwandt zu Malins Schneelaterne hinüber.

»Dálvi?«, fragt Malin leise und berührt vorsichtig den warmen Hals des Rentiers.

Dálvi wendet langsam den Kopf zu Malin und lächelt.

»Ich liebe deine Schneelaterne«, sagt sie sanft. »Das ist ein wunderschöner Gruß an das Licht, das heute wiedergeboren wird.«

Malin versteht sofort, was Dálvi meint.

»Weil heute Wintersonnenwende ist, ja?«

»So ist es«, nickt Dálvi. »Wenn es am dunkelsten ist, kommt das Licht zurück. Nun werden die Tage wieder länger werden, und heller.«

»Bis Mittsommer«, ergänzt Malin. »Dann werden die Tage wieder kürzer.«

Sie überlegt einen Moment.

»Du, Dálvi, wieso sagst du, dass das Licht heute ›wiedergeboren‹ wird? Ist es denn vorher gestorben? Geht das überhaupt?«

Dálvi lächelt.

»Das ist ein Bild, Malin, das aus uralten Zeiten stammt. Die Menschen damals verglichen das Licht, das die Sonne uns schenkt, mit einem Kind, das im Winter zur Welt kommt. Im Laufe des Frühlings wächst es heran und wird groß und kräftig, bis es im Sommer reif und erwachsen geworden ist und in der Blüte seines Lebens steht. Dann, im Herbst, schwinden seine Kräfte allmählich wieder, es wird alt und schwach, und schließlich stirbt es, um in der längsten Nacht des Jahres wiedergeboren zu werden. Dann beginnt alles wieder von vorn.«

»Wie bei den Jahreszeiten«, stellt Malin fest.

»Natürlich«, sagt Dálvi. »Die hängen ja untrennbar mit dem Lebenszyklus des Lichts zusammen.«

Malin grübelt eine Weile über Dálvis Worte nach.

»Eigentlich«, meint sie plötzlich, »müssten wir dann doch die Wintersonnenwende ebenso feiern wie die Sommersonnenwende.«

»Tun wir doch«, erwidert Dálvi verschmitzt. »Wenn auch mit zwei, drei Tagen Verspätung.«

»Meinst du etwa Weihnachten?«, fragt Malin verblüfft.

»Aber sicher«, antwortet Dálvi. »Es ist doch fast wie an Mittsommer! Es gibt Musik und gutes Essen, die vielen Lichter in den Fenstern vertreiben die Dunkelheit, wie die

Sonne es im Sommer tut, und ihr tanzt um euren Weihnachtsbaum wie zuvor um die Mittsommerstange. Die Lieder dafür sind sogar teilweise die gleichen, oder etwa nicht?«

Malin nickt. Ja, das stimmt tatsächlich – die kleinen Fröschlein zum Beispiel werden auch an Heiligabend um den Baum hüpfen.

Dann aber schüttelt sie energisch den Kopf.

»Aber an Weihnachten geht es nicht um die Sonne«, betont sie. »Da geht es darum, dass Jesus geboren worden ist.«

»Stimmt.« Dálvi lächelt. »Und wie nennt der Pastor Jesus? *Das Licht der Welt.* Nicht wahr?«

Malin bleibt vor Staunen der Mund offen stehen. Das ist ihr noch nie aufgefallen.

»Weihnachten ist das Fest eines Lichts, das geboren wird«, fährt Dálvi fort. »Und es ist ganz bestimmt kein Zufall, dass es in der Zeit der Wintersonnenwende gefeiert wird – wenn alles dunkel ist und wir uns mehr nach Licht sehnen als in jeder anderen Zeit des Jahres.«

Unwillkürlich wirft Malin einen Blick zum Haus hinüber, auf die Lichterketten über dem Eingang, auf die geschmückten, hell erleuchteten Fenster und auf die Schneelaterne mit ihrem sanft flackernden Zauber.

»Übrigens«, sagt Dálvi, und mit einem Mal schwingt in ihrer Stimme ein kleiner Schalk mit, »bei den Menschen in den alten Zeiten, die noch nichts von Jesus wussten, erzählte man sich zur Wintersonnenwende eine sehr hübsche Geschichte, in der auch ein weißes Rentier vorkommt. Möchtest du sie hören?«

»Oh ja, bitte«, antwortet Malin begeistert.

»Gut«, sagt Dálvi. »Aber lass uns dabei spazieren gehen, ich muss mir ein wenig die Hufe vertreten. Und dir wird es auch guttun, dann wird dir nämlich warm. Du hast schon eine ganz rote Nase vor Kälte!«

Malin gluckst amüsiert. »So wie Rudolph?«

»Genau«, grinst Dálvi. »Wie mein guter alter Vetter Rudolph. Komm mal her!«

Sie haucht Malin ihren warmen Atem ins Gesicht und auf die rot gefrorene Nase. Dann gehen beide zusammen hinein in den stillen, verzauberten Winterwald. Normalerweise wäre es Malin nachts im Wald etwas unheimlich, aber mit dem weißen Rentier an ihrer Seite hat sie überhaupt keine Angst.

»Weißt du«, fragt Dálvi nach einer Weile, »was ein Schamane ist?«

Malin denkt nach.

»Ist das nicht so was wie ein Zauberer?«, fragt sie, alles andere als sicher.

»Nicht ganz«, erwidert Dálvi lächelnd. »Eher eine Art ›heiliger Mann‹, so wie der Medizinmann bei den Indianern in Amerika, davon hast du bestimmt schon mal gehört. In den alten Zeiten, als man noch an viele verschiedene Götter glaubte, sah man in ihm das Bindeglied zwischen den Menschen und den höheren Mächten; das heißt, er konnte den Willen der Götter deuten und auch in die Welt der Geister eintreten. Und wenn es Probleme zwischen den Menschen und den nicht sichtbaren oder übernatürlichen Wesen gab, dann konnten die Schamanen vermitteln, weil sie ja mit beiden Seiten Kontakt aufnehmen konnten.«

»Wie haben sie das gemacht?«, erkundigt sich Malin neugierig und denkt an ihre vergeblichen Versuche im vergangenen Sommer, einen Troll leibhaftig zu Gesicht zu bekommen.

»Mit viel Konzentration und ihrer Schamanentrommel«, antwortet Dálvi. »Das konnte nicht jeder, das bedurfte besonderer Kräfte und jahrelanger Übung und Erfahrung. Die Menschen brachten ihre Kranken zu den Schamanen und baten sie um Rat und Hilfe. Sie waren geachtete Männer und wurden sehr verehrt.«

Malin hört interessiert zu und streift dabei im Vorbeigehen den Schnee von ein paar Zweigen.

»Und was war nun mit dem weißen Rentier?«, will sie wissen.

Dálvi lächelt verschmitzt.

»Ja, siehst du, Malin«, sagt sie, »die Menschen damals haben sich natürlich auch immer gefragt, wie der Schamane – *Nojde* haben deine Vorfahren ihn genannt –, also wie der Nojde das fertigbringt, in die Welten der Naturgeister und der Götter zu reisen. Da eines ihrer wichtigsten Fortbewegungsmittel in den langen Wintern der Schlitten war, dachten sie, dass der Nojde dafür bestimmt auch einen Schlitten verwendet. Und der konnte natürlich nicht von irgendeinem beliebigen Rentier gezogen werden, schließlich war der Nojde ein besonderer Mann. Bei ihm musste es selbstverständlich ein *weißes* Rentier sein.

Du weißt ja, welche Bedeutung weiße Rentiere seinerzeit für die Menschen hatten.«

Malin nickt.

»Und so entstand allmählich in der Fantasie der Menschen dieses Bild, dass der Nojde mit seinem Rentierschlitten durch die Lüfte zu den Göttern fliegt«, erzählt Dálvi weiter. »Und auf demselben Weg kam er danach wieder zurück und brachte ihnen Freude, Rat und Heilung mit. Ganz besonders dachten sie am Tag der Wintersonnenwende daran; dieses Ereignis war ihnen wichtig, weil es bedeutete, dass nun die lange Zeit der Polarnacht zu Ende ging. Das Licht, das an diesem Tag wiedergeboren wurde, war ihnen eine ebenso kostbare Gabe wie alles, was der Nojde ihnen von seinen Reisen durch die Lüfte mitbrachte. Die Wintersonnenwende war ein Tag der Geschenke.«

»Wie Weihnachten«, platzt Malin überrascht heraus.

»Ganz genau«, lächelt Dálvi. »Und die Menschen feierten damals genauso wie heute. Gut, sie hatten natürlich keinen Baum in ihren Hütten, um den sie herumtanzten, aber dafür ein offenes Feuer. Deine Großmutter hat dir sicher erzählt, dass eure Vorfahren in einfachen Holzhütten oder Zelten lebten, mit einer Feuerstelle in der Mitte und einem Rauchloch oben im Dach?«

»Ja«, erwidert Malin eifrig. »Und der Boden war mit viel Reisig und mit Rentierfellen ausgelegt, das war total weich und warm. Und da haben sie dann alle rund um das Feuer gesessen und sich die Zeit mit Geschichtenerzählen vertrieben. Fernseher und so hatten sie ja nicht.«

»Nein«, bestätigt Dálvi. »Sie hatten überhaupt keinen Strom. Das Feuer war für sie der Mittelpunkt ihres Lebens; es gab ihnen Licht, es wärmte sie, und sie konnten ihr Essen darauf kochen. Und deshalb mussten ihre Behausungen immer ein Loch oben im Dach haben, damit der Rauch abziehen konnte.«

»Klar«, versetzt Malin. »Ein Zelt hat ja keinen Kamin.«

»Richtig«, entgegnet Dálvi. »Also, beim Fest der Wintersonnenwende saßen die Menschen in ihren Zelten und Hütten um das Feuer herum und warteten auf den Nojde mit seinem von einem weißen Rentier gezogenen Schlitten. Nun schneite es im Winter häufig, und deshalb war der Eingang zu ihren Behausungen oft durch Schnee blockiert, so dass der Nojde nicht durchkam. Aber da sein Rentierschlitten ohnehin durch die Luft flog, lieferte der Nojde seine guten Gaben kurzerhand durch das Rauchloch im Dach bei den Menschen ab.«

Sie zwinkert Malin vielsagend zu.

»Kommt dir das irgendwie bekannt vor?«

Malin ist überrascht stehen geblieben. Jetzt leuchten ihre Augen auf.

»Das ist ja… wie beim Weihnachtsmann, der seine Geschenke durch den Kamin bringt!«

»Ganz genau«, schmunzelt Dálvi. »Du siehst: Auch deine Vorfahren hatten bereits ihren Weihnachtsmann im Rentierschlitten. Obwohl sie Weihnachten noch gar nicht kannten.«

»Das gefällt mir«, sagt Malin. »Und ich wette, das weiße Rentier vor dem Nojde-Schlitten hatte eine rote Nase.«

»Na klar«, versichert Dálvi. »Was meinst du, von wem der gute Rudolph seine Prachtnase geerbt hat?«

Sie gluckst leise, und auch Malin lacht herzhaft – erst recht, da Dálvi in diesem Moment mit ihrem Geweih einen Tannenzweig streift, den seine Schneelast tief nach unten gebeugt hat; die Schneeladung rutscht herab und verteilt sich wie eine kleine Lawine auf Dálvi und Malin.

»Mensch, Dálvi!«, prustet Malin und wischt sich den Schnee aus den Augen. »Ich glaub, du brauchst auch eine rote Nase als Wegweiser!«

»Ich werde Rudolph nach Weihnachten fragen, ob er mir seine ausleiht«, kontert Dálvi gelassen und schüttelt den Schnee von sich ab.

Inzwischen haben sie das Ende des Waldes erreicht und treten hinaus auf die Lichtung mit dem See, in dem Malin im Sommer so oft gebadet hat. Jetzt ist er vollständig zugefroren und mit Schnee bedeckt – eine große Fläche, die aussieht wie eine verschneite Wiese.

Nur dass sie heute nicht weiß schimmert wie sonst, sondern – *zartgrün*.

Und Malin weiß sofort, was das bedeutet.

»Dálvi!«, stößt sie leise hervor. »Das Polarlicht!«

Das weiße Rentier hat bereits den Blick zum Himmel erhoben, und auch Malin schaut nun hinauf. Mehrere Lichtbänder, smaragdgrün und wunderschön, wabern pulsierend über das nächtliche Firmament. Und je länger Malin atemlos zusieht, desto mehr Lichter werden es, auch rote Farbtöne mischen sich nun unter das Grün. Der ganze Himmel scheint lautlos in nie gesehener Farbenpracht zu explodieren, und rund um Malin herum wird es strahlend hell.

»Schau«, flüstert Malin. »Das Polarlicht tanzt! Es tanzt richtig!«

»Ja«, flüstert Dálvi zurück. »Und ich höre auch die Musik dazu. Sie ist wie der Herzschlag des weißen Rentiers. Hör hin, Malin! Hör hin!«

Malin lauscht. Nein, der Wald und die Lichtung sind so still wie zuvor… aber mit einem Mal sieht sie vor ihrem inneren Auge ihre Großmutter, wie sie an Mittsommer tanzt, zur Ziehharmonika-Musik von Malins Onkel; und sie hört die Lieder, die er spielt: von den hohen Bergen und tiefen Tälern, von den Musikanten und von den kleinen Fröschlein. Und das Polarlicht tanzt zu diesen Liedern, ausgelassen und fröhlich. Ein zarter Hauch von Zuckerkuchenduft weht um Malins Nase. Malin atmet tief durch und lächelt. Auch Großmutter feiert die Wiedergeburt des Lichts.

Sie weiß nicht, wie lange sie dem wunderbaren Fest am Himmel zugesehen und zugehört hat, als Dálvi sie plötzlich zart anstupst.

»Wir müssen gehen, Malin«, sagt sie sanft. »Deine Mutter ist bald mit dem Abendessen fertig, und wir wollen doch nicht, dass sie sich Sorgen um dich macht.«

Nur ungern reißt Malin sich von dem herrlichen Schauspiel los, aber sie sieht ein, dass Dálvi recht hat. Sie winkt zu dem Polarlicht hinauf.

»Frohes Fest, Großmutter«, ruft sie lächelnd. »Ich hab dich lieb!«

Sie gibt einen kleinen Seufzer von sich und folgt dann Dálvi in das Waldstück hinein. Eine Weile gehen beide schweigend nebeneinander her. Malin ist noch völlig gefangen von dem Zauber, den sie gerade erlebt hat.

»Sag mal, Dálvi«, fragt sie schließlich, »wie kann das eigentlich sein – ich hab vorhin tatsächlich Musik gehört, obwohl keine da war. Und ich hab Großmutters Zuckerkuchen gerochen. Aber das geht doch eigentlich gar nicht, oder?«

Dálvi antwortet nicht sofort. Erst kurz vor dem Ende des Waldstücks, als durch die Bäume hindurch schon das Haus und Malins Schneelaterne zu sehen sind, bleibt das weiße Rentier stehen und sieht Malin an.

»Über wundersame Erscheinungen soll man nicht nachgrübeln, Malin«, sagt Dálvi ruhig. »Manche Dinge im Leben sind mit unserem Verstand nicht erfassbar. Also versuch gar nicht erst, sie konkret zu erklären. Lass dich ganz einfach auf sie ein und nimm sie als völlig natürlich hin. Du wirst sehen, das macht dir das Leben viel leichter. Und schöner.«

Malin legt den Kopf ein wenig schräg und denkt nach. Sie erinnert sich an das, was Dálvi ihr über die nicht sichtbare Welt erzählt hat, über die Fäden, die alles in der Natur lebendig machen und miteinander verbinden, und über die Seelen ihrer Ahnen im Polarlicht. Und dann nickt sie. Ja, Dálvi hat recht. Und außerdem: Warum soll Großmutter nicht auch droben im Himmel ihren Zuckerkuchen backen und den anderen eine Freude machen, die zusammen mit ihr tanzen und die Wintersonnenwende feiern?

Spontan umarmt Malin das weiße Rentier. Das Fell ist noch immer ein wenig feucht von dem Schnee, aber das macht Malin überhaupt nichts aus. Sie fühlt sich in diesem Moment einfach nur glücklich.

»Du bist ein Schatz, Dálvi«, flüstert sie. »Ich bin so froh, dass ich dich habe.«

»Und ich werde immer bei dir sein«, erwidert Dálvi. »Solange du mich brauchst.«

Sie wartet, bis Malin sich wieder von ihr löst, und haucht ihr dann noch einmal warm auf die kalte, rote Nase.

»Und jetzt ab nach Hause mit dir«, sagt sie lächelnd. »Guten Appetit!«

»Danke«, sagt Malin. »Auf Wiedersehen, Dálvi!«

»Auf Wiedersehen, Malin!«

Malin geht auf das Haus zu. Das Teelicht in der Schneelaterne flackert noch immer leise vor sich hin. An der Haustür dreht sich Malin noch einmal um und winkt Dálvi zu; dann sieht sie, wie das weiße Rentier sich abwendet und im Wald verschwindet.

Malin seufzt und blickt nach oben. Die prachtvolle Farbensymphonie ist verschwunden, nur ein paar letzte grüne Lichtbänder sind noch zu sehen, blass und beinahe regungslos. Dafür treten nun wieder klar und hell die funkelnden Sterne vor dem nachtschwarzen Himmel hervor. *Die Augen des ersten weißen Rentiers*, erinnert sich Malin. *Auch sie wachen über uns, wie das Polarlicht.*

Und dann hört Malin erneut von irgendwoher Musik, wie ein leises Echo aus der alten kleinen Holzkirche im Dorf.

»Nun brennen tausend Kerzen hell
im weiten Rund der Welt,
und tausend, tausend strahlen auch
am dunklen Himmelszelt.«

Diesmal macht sie sich keine Gedanken darüber, woher diese Musik kommt. Sie winkt einfach noch einmal lächelnd zu den Sternen und dem Polarlicht hinauf und geht dann hinein in das Haus, das sie hell und warm willkommen heißt.

Nachwort

Die Idee zu den Geschichten von Malin und dem weißen Rentier entstand in einer sternklaren Winternacht am Rande eines kleinen Dorfes in Nordschweden. Ich hatte mich ein paar Schritte von dem Holzhaus entfernt, in dem ich damals zu Besuch war, und genoss die klirrend kalte Luft. Die Wälder und Wiesen um mich herum waren tief verschneit, und am dunklen Himmel waberte sacht ein langes, zartgrünes Polarlicht-Band. Die ganze Atmosphäre war so verzaubert, dass ich sie unbedingt irgendwie einfangen wollte.

Und plötzlich war da dieses Bild von einem Winterwald, einem kleinen Mädchen und einem weißen Rentier, das sprechen kann.

Aus diesem Bild entstanden Geschichten, an denen hoffentlich nicht nur Kinder ihre Freude haben werden. Sie sind eine Liebeserklärung an meine Wahlheimat Schweden und insbesondere an Sápmi, die Region im nördlichen Skandinavien, wo das indigene Volk der Sámi zu Hause ist. Ihre Legenden, Anschauungen und Traditionen, die mich seit Jahren beeindrucken, sind in die Erzählungen des weißen Rentiers Dálvi eingeflossen. (Der Name »Dálvi« ist dem sámischen Wort »dálvvie« für »Winter« entlehnt.)

Selber hatte ich übrigens auch schon mehrere Begegnungen im Wald mit weißen Rentieren, die mich angesehen haben. Und ich wünsche allen Lesern dieser Geschichten von Herzen, dass auch sie das einmal erleben dürfen.

Ingrid Zellner
Januar 2019

Ingrid Zellner wurde 1962 in Dachau geboren. Sie studierte in München Theaterwissenschaft, Neuere deutsche Literatur und Geschichte (1988 Magisterexamen). Von 1990 bis 1994 war sie als Dramaturgin am Stadttheater Hildesheim engagiert, von 1996 bis 2008 in derselben Funktion an der Bayerischen Staatsoper München. Heute ist sie vor allem als Übersetzerin (Schwedisch) und als Autorin tätig. Sie veröffentlichte Romane, Krimis, ein Kinderbuch, Kurzgeschichten, CD-Booklet-Texte, Artikel und Theaterstücke; außerdem schrieb sie deutsche Untertitel für den preisgekrönten Film *I Am* des indischen Regisseurs Onir. Daneben ist sie Regisseurin und Schauspielerin; große Erfolge u.a. als Dorfrichter Adam in Kleists *Der zerbrochne Krug*. Sie ist Backing Vocalist für die Punk-Rock-Band Garden Gang und leitete sechs Jahre lang ein Jugendtheater-Ensemble. Ihre bevorzugten Reiseziele sind die Länder Skandinaviens und der Arktis sowie Indien.

Zeitfracht Medien GmbH
Ferdinand-Jühlke-Straße 7
99095 Erfurt, Deutschland
produktsicherheit@kolibri360.de